그
리
움

그리움

1판 1쇄 발행	2022년 12월 5일
지은이	조광현
발행인	이선우
펴낸곳	도서출판 선우미디어

등록 | 1997. 8. 7 제305-2014-000020
02643 서울시 동대문구 장한로 12길 40, 101동 203호
☎ 2272-3351, 3352 팩스: 2272-5540
sunwoome@daum.net
Printed in Korea ⓒ 2022. 조광현

값 13,000원

ISBN 978-89-5658-712-6 03810

조광현 에세이

그 리 움

선우미디어 sunwoomedia

글머리에

나는 올해로 66세(美壽)가 된다.

아름다울 '美'자로 지어낸 말이지만, 몸도 점점 버거워지고 몰골도 추해지니 아름다울 리가 없다. 살아온 세월을 돌아보는 일조차 의미도 없겠지만, 그래도 마음속에는 늘 추억과 그리움이 남아있다.

우연한 기회에 십여 년 전부터 『샘바위』라는 계간지에 글을 쓴 적이 있었다, 오랜만에 다시 읽어보니 돌아가신 할머니, 어머니 생각에 눈시울이 붉어졌다.

이번 추석에도 어머니 묘소에 다녀왔다. 묘소 옆 요셉상을 덮은 나무 가지치기를 하고 짧은 기도를 바쳤다.

어머니가 반가우셨을까?

이 순간 나무 사이로 한 줄기 빛이 묘비를 비추었다.

이 글을 돌아가신 할머니와 보잘것없는 봉사에도 기뻐하시며 함께해 주셨던 어머니께 바칩니다.

특히 어머니 임종하실 때 침상에서 매일미사를 드려 주신 예수성심전교수도회 장재성(마르첼리노) 신부님께 감사의 마음을 전합니다.

또한 출간을 기념하여 자리를 함께 하실 가족 모임의 임승빈 형, 임정빈 형, 조용현 형, 조대현 형 그리고 친구 한상균, 동생 정성근과 오세오 원장님 모두 고맙습니다.

2022년 세모에
조광현

ｌ 산책

2 하늘의 법칙

1

산
책

산책(散策)

일요일 아침, 실컷 늦잠이라도 자고 싶지만 7시면 어김없이 눈이 떠진다. 옆에서 깊은 잠에 빠져 있는 아내를 바라보다가 막내 방으로 건너가 자고 있는 아들 곁에 누워본다.

"아유 또 귀찮게 하네. 아빠 방으로 가요."

다시 거실로 나와 소파에 누워 TV를 응시해 보지만 눈이 스르르 감긴다. 잠결에 아이들이 하나 둘씩 일어나 식탁에 앉는 소리에 나도 눈을 비비고 일어나 세수도 하지 않은 채 아침 식사에 동참하려고 하면 여지없이 아내의 날카로운 소리가 들린다.

"세수라도 하고 옷이라도 제대로 입고 앉지, 그 꼴이 뭐요."

평소 아내에게 곰살맞게 해주지도 못한 사람이 대우받기를 기대한 것은 아니지만 더 늙어 경제력마저 없어지면 요즘에 하는 우스갯소리처럼 이사 갈 때 버리고 갈까 봐 김치 냉장고 위에 앉아서라도 버티고 있어야 하는 처지가 될지도 모르는 일이다.

물론 이 대목에서 감히 비견할 수 있는 일은 아니겠지만, 예수께서 인자가 머리 둘 곳이 없다고 탄식하시던 말씀이 생각났다. 이때쯤이면 내가 가장 좋아하는 사촌 형인 용현 형(가톨릭의대 교수)의 전화가 온다.

"뭐하니? 나도 좀 힘들다. 빨리 와."

전화를 받기가 무섭게 세수를 하고 어울리지도 않는 청바지를 입고 형을 만나러 나간다.

"오늘은 어디로 걸어 볼까?"

갈 곳이 정해진 것도 아니고 숨겨 둔 애인이 있는 것도 아니다.

"오늘은 우리가 어릴 적 살던 곳으로 가 보지."

발길은 형이 살던 익선동 집으로 해서 인사동을 지나가다가 매운탕과 소주로 점심을 하고 떡집에서 약과를 사서

주섬주섬 먹어가며 경운동을 지날 때면 삼십여 년 전에 다니던 옛날 대학교 건물에도 들어가 학창 시절을 추억해 본다. 그래도 왕년에는 길 건너 덕성여대 여학생들이 축제 파트너를 해달라고 교문 앞에서 기다리기도 했었는데, 지금 우리의 모습은 영락없는 중년 아니면 초로(初老)의 모습으로 변해 버렸다. 안국동을 지나 가회동 언덕길을 올라가면 언덕 어귀에 좌측으로 가회동 성당이 있다. 이곳도 우리의 어릴 적 추억이 잔뜩 묻어있는 곳이다. 잠깐 들러 텅 빈 성당에서 묵상(黙想)에 잠긴다. 갈 곳도 마땅치 않은 노숙자의 심정으로 무작정 길을 나선 우리에게 오늘날 의사로서 교수로서 한 세상을 허락해 주신 분께 죄송한 마음으로 머리 숙여 감사드리고 생전에 끊임없이 기도하고 사랑해 주셨던 조상들께도 고마운 마음뿐이다.

성당을 뒤로하고 나오며 다시 형과 나는 어린 시절 이야기를 주고받으며 동심에 빠져 본다. 이렇게 나누었던 이야기들이 작년에 썼던 가족사(家族史)의 주제가 되었다.

가회동 언덕길을 거의 오르다 보니 어느덧 이마에 땀이 맺히고 숨이 가쁘다. 거의 꼭대기에 다다르면 형이 살던 아담한 2층 양옥집은 아직 그대로 남아있으나 맞은편 고모 댁 넓은 집터에는 지금 고급 빌라가 들어섰다. 언덕을 넘어가면 우리가 어릴 적 자주 찾아가 놀곤 했던 삼청공원이다. 여기서부터 경복궁까지 이어지는 일대가 요즈음은 미술관, 식당, 카페들이 들어차 휴일이면 거리가 자동차와 사람들로 북새통이다. 과거에 한적하고 조용하던 동네였던 시절이 그립다.

시끄러운 길가를 벗어나 왼쪽 골목으로 들어서면 현재 정독도서관 후문 바로 앞에, 라일락 나무가 좁은 마당을 독차지하고 덩굴장미가 대문을 덮고 있는 작은 이층 양옥집이 보인다. 나는 이 집에서 어린 시절을 보냈다. 한동안 집 앞에서 형과 신나게 이야기를 나누다가 초인종을 누르고 들어가 보고 싶은 충동을 느꼈다.

형은 당시에 고등학생이었고 나는 중학생이었는데, 이 집에서 몇 달간 함께 지낸 적이 있었다. 그해 추석날, 옥상으로 올라가 연탄구멍에 로케트 포를 꽂아 놓고 불을 붙이면 밤하늘에 환한 불꽃을 일으키며 하늘로 날아가는 모습이 장관이었다. 문득 이 집으로 이사 와서 말년을 보내고 싶다는 생각이 들었다.

이러다 보면 하루가 지나고 해가 질 무렵에는 집으로 돌아가는 것이 우리가 소중하게 여기는 산책이다.

우리는 수년 전부터 한 달에 한두 번씩 이렇게 목적 없이 이곳저곳을 걸으며 일요일을 보내왔다. 평소에 차창 밖으로 지나치던 것들을 직접 맛보고 냄새 맡으며 보고 듣기도 했다.

의대 본과와 수련의 시절을 보낸 명동에서 뽑기를 사먹기도 하고 형이 다니던 동성고등학교에서 안국동까지 걸어보기도 했다. 그 시절 형은 삼립(三立) 크림 빵이 먹고 싶어 버스비로 빵을 사 먹고 혜화동에서 가회동 집까지 한 시간을 걸어서 집에 온 적이 있었다고 한다. 요즈음 학생들은 이해가 안 가겠지만, 그 시절 가게에서 먼지가 수북한 비닐봉지 속의 크림 빵을 먹었던 기억이 생생하다. 겉은 부드러운 빵에 속은 비록 딱딱하게 굳은 크림이었지만 입안에서 살살 녹던 그 맛을 잊을 수가 없다.

우리는 한여름 폭염 속에서도 시내 구석구석을 누비고

다녔고 폭우 속에서 인적이 끊어진 거리를 걷기도 했다. 걷다 지치면 인근의 대중탕에서 피로를 풀며 그동안 쌓였던 고민을 서로 이야기하며 훌훌 털어버리곤 했다. 그런데 공감한 것은 우리가 과분하게 많이 받았으며 감사해야 한다는 것이었다. 그리 명석하지도 착하지도 열심하지도 못했던 우리가 이렇게 산다는 것은 큰 은총이 아닐 수 없다.

이렇게 걷다 보면, 젊고 아름다움을 뽐내며 주위의 시선이 귀찮다는 듯 지나치는 젊은이들부터 자신의 지위와 지성을 머리에서부터 발끝까지 드러내며 몸에 밴 교양으로 치장한 중년에 이르기까지 많은 사람을 보게 되는데 껍질을 벗기면 모두가 똑같은 사람으로 보일 뿐이다.

그들보다는 어느 무더운 여름날 탑골공원 앞에서 보았던 할아버지의 모습이 가장 기억에 남는다. 그 깡마른 할아버지는 밀짚모자를 쓰고 쪼글쪼글한 얼굴에 무심한 표정으로 길거리에 쪼그리고 앉아 계셨는데 앙상한 무릎이 귀에까지 올라와 닿을 지경이었다. 걸을 힘도 없고 그대로 두면 온종일 그렇게 있을 것만 같았다. 그냥 지나치며 나는 형에게 "얼마 있으면 우리도 저렇게 되겠지?"라며 말을 건넸다. "아, 그땐 어떻게 하냐?" 형도 짧게 탄식한다. 누구라도 선뜻 받아들이기 어려운 노년의 모습이었다. 그런데 시간이 흐르고 나서 생각해 보니 그때 노인이 보여준 무심한 모습은 마치 삶이란 이런 것이라고 말하는 것 같은 너무나도 자연스럽고 편안한 모습이었다. 그분은 어떤 옷을 입었어도 잘 어울렸을 것이며 만일 웃으셨다면 해맑고 천진난만한 모습이었을 것이다. 어떤 영화배우나 모델일지라도 이 같은 감동을 주진 않았을 것이다.

수년간 계속되던 산책은 우리에게 많은 것을 보여 주었고 진정으로 아름다운 것과 소중한 것 그리고 자유가 무엇인지 조금은 깨닫게 해주었다.

고행이 따르는 긴 순례일지라도, 마음을 비우지 못하는 한, 가벼운 마음으로 산책할 때 얻는 작은 깨달음조차 얻을 수 없을 것이다.

다음에는 지하철을 타고 가리봉동에 가서 편안한 옷을 사야겠다. 늘 사던 대로 형은 베이지색 바지를 고를 것이고 나는 옅은 회색 셔츠를 살 것이 뻔하다. 그곳 노점상에서 출출할 때 사 먹는 추억의 계란빵 또한 별미일 것이다.

그리운 할머니

얼마 전 나는 절친하게 지내는 이원복 광주박물관장님의 소개로 원고 부탁을 받았다.

별로 알려지지도 않은 이비인후과 의사로서 글을 쓴다는 것이 당혹스러운 일이었고 특히 『가슴이 따뜻한 사람들』이라는 책에 실린다는 말을 듣고는 더욱 난처한 기분이었다. 곁에 있던 아내도 혀를 차며 "원, 가슴이 냉골인 사람이…" 하는 말에 아예 글쓰기를 포기하고 있던 차에 편집장님의 전화를 받고는 용기를 내어 글을 써보기로 마음먹었다.

사실 나는 가을을 타는 체질이어서 가을이 오면 생각나는 대로 글을 써서 절친한 분들에게 보내곤 했는데 그 글이 이원복 관장님께는 신선하게 느껴졌는지도 모른다. 특히 이번 가을은 내가 만 오십 세가 되어 처음 맞는 계절이었고 유난히 돌아가신 할머니가 몹시 그리웠다.

해마다 가을이 오면 맑게 갠 하늘을 바라보며 생각에 잠기곤 한다. 주로 지난 일들을 회상하며 진한 그리움에 빠지곤 했다. 이제 내 나이도 오십 줄에 접어들었으니 인생에서도 가을을 맞이한 셈이다. 이제야 철이 드는지 요즈음은 돌아가신 할머니 생각이 간절하다.

할머니는 생전에 당신이 죽으면 산소에도 찾아오지 않을 손자를 왜 이렇게 생각하는지 모르겠다고 하셨고, 그것은 결국 사실이 되고 말았지만, 진한 그리움은 나이를 먹어도 마음 한구석에 그대로 남아 이제는 가슴이 저리다 못해 아프기까지 하니 더 늦기 전에 짧은 글로나마 옮겨야겠다는 생각이다.

말년에 할머니는 (당시에 대학생이었던) 나와 둘이서 빵이나 싸가지고 옛날이야기 하며 버스 타고 할아버지와 아버지가 계신 산소에 가 보자고 말씀하곤 하셨다. 자식들에게

폐를 끼치지 않고 손자와 둘이서 오붓하게 아들을 보러 가고 싶으셨던 모양이다. 그러나 나는 차일피일 미루다가 대학을 졸업하고 인턴, 군의관으로 객지로 나가게 되어 결국엔 그 소박한 소원 하나 못 들어드린 것을 후회하며 할머니를 추억한다.

할머니는 할아버지와 마찬가지로 오랜 천주교 집안의 맏딸로 태어나셨다 한다. 말하자면 구한말 박해 시절부터 천주교 집안이었던 셈이다. 할머니의 아버님도 무척이나 열심한 분이셔서 맏딸의 혼처가 정해지자 매일 밤 큰 바위에 올라가 묵주기도를 바치셨다고 하니 할머니의 신앙은 물론이고 자식 사랑도 아버지로부터 물려받으셨던 것 같다.

할머니께서는 슬하에 2남 5녀를 두셨는데, 당시 일제 치하에서 누구나 그렇듯이 생활은 궁핍하고 자녀들의 교육도 어려워지자 할아버지께서는 만주(滿洲) 봉천(奉天)이라는 곳으로 이주하여 관직 생활을 하시게 되었다. 이때부터는 형편도 좀 좋아지고 또 자녀들 교육도 순조로웠으며 특히 두 아들은 한인 성당에서 복사로 봉사하였다.

할머니께서는 이 시절을 늘 그리워하셨고 아마 이때가 할머니 인생에서는 전성기였을 것이다. 두 아들이 자전거를 타고 성당으로 앞서가면 빙판길을 조심스레 걸어서 따라가던 일을 회상하시던 모습이 눈에 선하다.

그 후 해방이 되고, 늘 앞서가시던 할아버지의 교육열 덕분에 자손들은 모두가 사회에서 성공하였지만, 할머니께서는 할아버지에 이어 이듬해 가장 사랑하던 서른일곱살이었던 둘째아들을 앞세우는 큰 아픔을 당하셨다. 이때부터 할머니의 피눈물 나는 기도가 시작되었고 남은 손자들에 대한 애착은 세월이 갈수록 깊어만 갔다. 특히 성모마리아께 자신을 의탁하여 아들을 잃은 고통을 나누셨는데 항상 기도하시며 눈물을 흘렸다.

가족들은 할머니에게 '눈물의 여왕'이라는 달갑지 않은 별명을 지어드렸으나 눈물의 기도는 돌아가실 때까지 계속되었다.

내가 두 아들 중 돌아가신 나의 아버지를 많이 닮았다. 그래서인지 할머니께서는 나를 꼭 아버지 보듯 하셨고 말년에는 나에게 나의 아버지 이름으로 부르기까지 하셨다. 나도 할머니를 좋아했고 할머니는 자식, 며느리에게 못하시는 말씀도 마치 죽은 아들에게 하듯 내게 하신 적도 있었다. 항상 뚝뚝하고 퉁명스러운 나를 보시며 당신 아들을 보는 것 같다고 그조차도 흐뭇하게 바라보셨으니 내가 버릇이 없었던 것도 어쩌면 당연한 일이었는지 모른다.

할머니는 지나간 시절 이야기를 자주 했는데, 그때마다 할머니는 과거로 돌아가신 모습이었고 행복해 하셨다. 결국은 먼저 간 아들 생각에 눈물로 끝을 맺었지만….

나는 수십 번 하시는 같은 이야기를, 속으론 다른 생각을 할지언정 열심히 듣는 척하며, 가끔은 아버지에 대해 이미 알고 있는 이야기도 다시 묻곤 했다. 그럴 때면 할머니께서는 늘 신이 나셔서 몇 시간이고 이야기를 계속 하셨는데 아마 나처럼 오래 버티며 들어드리는 사람도 없었을 것이다. 말씀을 들어드리는 일과 아버지를 닮았다는 것만이 내가 할머니께 해드린 유일한 효도였다.

할머니는 늘 내가 신앙이 없다면서 성당에 강제로 끌고 가다시피 하셨는데 언제나 일찍 가서서 성로신공(십자가의 길 기도)을 하자고 하시는데 이건 이만저만한 고역이 아니었다. 게다가 할머니께서는 귀가 어두우셔서 성당에 가시면 맨 앞자리에 내 손을 잡고 앉으셨다. 미사가 끝나면 신부님들 손을 붙들고 그리도 반가워하셨는데, 그 당시 할머니를 좋아하고 어머니처럼 생각하는 신부님들이 여러분 계셨고 그중 한 분은 현재 대주교님이 되셨다.

1974년 겨울, 나는 문과를 지망하여 얼마 남지 않은 입시 준비에 바쁘던 고3 수험생이었다. 아버지처럼 외신기자가 되겠다고 하던 나는 어느 날 할머니의 말 한마디에 마음을 바꾸었다. 이미 의대에 진학했던 형의 실습 위생복을 정성스레 다려주시던 할머니께서 "네게도 이걸 입혀야 하는데… 특히 너는 남의 집에 가서 밥 한 그릇도 못 얻어먹는 성격 아니냐?"라며 안타까워하시는 모습을 보고 고집이 센 나도 마음을 바꿔 다음날부터 이과 수학, 과학 공부를 시작했다.

대학에 합격하던 그해 추운 겨울날, 나와 같이 걷고 싶어 하시던 할머니 손을 붙잡고 삼청동 집에서 시청 앞까지 걸어가서 '케리부룩'이라는 구두를 샀다. 평소 할머니께서는 내가 대학에 들어가면 구두를 사주고 싶어 하셨다. 돌아오는 길에 우리는 빵집에 들러 맛있는 빵을 사 먹었는데 좋아하시던 할머니 모습이 지금도 눈에 선하다. 그날은 내가 먼저 빵 싸가지고 산소에나 한번 가자고 했었는데….

할머니께서는 내가 대학에 들어가자 의사가 되면 가난한 사람은 무료로 치료해 주고 죽음이 임박한 환자에게는 종부성사(終傅聖事)를 받게 해주라고 당부하셨다. 그래도 이제 와서 조금이나마 할머니와의 약속을 지키는 일은 이것뿐인 것 같다.

할머니를 생각하면 언제나 가슴 아팠던 일들이 먼저 떠오르곤 한다. 할머니는 언제나 맛있는 것이 있거나 용돈이 조금 생기면 내게 주곤 하셨는데 나는 아무것도 해드린 것이 없으니 두고 두고 후회가 된다. 손자들이 아무리 눈에 밟혀도 아들이 없는 집에서 오래 계시기가 어려웠는지 며칠 계시다가 추운 겨울에 새벽미사를 보시고 큰집으로 가셨다. 그런 할머니를 빙판길에 모셔다드린 기억도 거의 없으니, 이것도 생각하면 마음이 아플 뿐이다.

어찌 그것뿐이랴. 돌아가실 때도 곁에서 임종을 지키기
는커녕 돌아가신 후 문상 가는 식으로 할머니를 보내드렸
던 내가 무슨 할 말이 있겠는가. 할머니께서 돌아가셨을
때 나는 가회동 성당 장례미사에서 할머니 영정을 안고 울
고 있었다. 그때 나는 군의관으로 군복무를 마치고 이비인
후과 레지던트로 한창 바쁘게 지내던 시절이라 할머니를
자주 찾아뵙지도 못했다. 그곳은 할머니를 모시고 일요일
마다 가던 곳이어서 할머니가 돌아가셨다는 사실이 실감도
나지 않았지만, 할머니를 그렇게 보내드렸던 내가 한없이
원망스러웠다.

나는 요즈음도 가끔 가회동에 들러 아무도 없는 성당에
앉아 할머니를 생각하며 눈시울을 붉히곤 한다.

樹欲靜而風不止 子欲養而親不待
나무는 고요하려고 하나 불어오는 바람이 그치지 않는다.
자식은 봉양하려고 하나 부모는 기다려 주지 않는다.

논어(論語)에 나오는 고어(皐魚)라는 사람의 유명한 이야

기인데 나의 할아버지께서도 당신의 어머니께서 돌아가셨을 때 이 구(句)를 읊으셨다고 한다. 무릇 인간은 나약하고 어리석은 존재이다. 후회하고 애통해할 것을 알면서도 부모 생전에는 효도에 인색한 것이 또한 사람인 것이다. 이것은 마치 따스한 햇볕 아래에서 우리가 태양의 고마움을 느끼지 못하는 것과 같은 이치일 것이다. 만일 우리가 자식이나 일에 쏟는 정성의 일부만이라도 부모님께 효도했다면 그토록 안타깝지는 않았을 것이다. 결국 효도란 자기 스스로를 위해 해야 할 일인지도 모른다. 할아버지께서 후회하고 애통해하셨듯 내가 그리고 자식들이 같은 일을 겪을 것이라는 생각이 든다.

할머니께서는 아흔이 되도록 장수하셨지만, 말년에는 치매증세를 보이셨다. 나는 할머니께서 평소의 모습처럼 성스럽게 돌아가실 것으로 생각했으나 돌아가실 때 보여주신 모습은 보다 인간적인 것이었기에 함께 해드리지 못했던 것이 더욱 마음이 아프다.

최근에 와서 장수하는 인구가 늘어가고 있지만 뇌의 수명은 육체의 수명을 따라가지 못하고 있다. 더욱이 치매환자는 성격 변화와 비정상적인 행동으로 인하여 동정도 받지 못하며 가족에게조차 외면당하는 것이 현실이다. 그러나 자식으로서 돌아가실 날이 멀지 않은 부모님을 요양시설에 보낸다는 것은 차마 못할 일인 것 같다는 생각이 든다.

아직 우리나라에 시설도 부족하고 열악한 탓도 있겠지만 우리 세대의 정서로는 의사인 나로서도 쉽게 받아들이기는 어렵다. 나는 후에 들어갈지라도 어머니만은 직접 모시고 싶은 마음이다. 그래서 아흔이 되신 어머님을 집에서 모셨던 큰아버님이나 현재 아흔일곱이신 어머니께 오빠 소리를 들어가면서도 함께 사시는 장인어른을 뵐 때면 존경스러운 마음이 드는 것이다.

어머니는 후에 당신이 이상한 소리를 하게 되면 못 볼꼴 보지 말고 시설로 보내라고 미리부터 당부하시지만 아무리 훌륭한 시설이라 하더라도 홀몸으로 세 남매를 키우신 어머니를 보낼 수는 없을 것 같다.

나는 얼마 전에 가족 묘지를 개장(改葬)하며 할머니 모습을 다시 뵐 수 있었다. 늘 하시던 말씀처럼 한 줌의 흙으로 돌아가신 할머니.

곁에 계시던 큰아버지의 눈가에도 이슬이 맺혔다. 누구도 소리 내어 울지는 않았지만 우리에게 자식 사랑과 신앙심을 심어주셨던 할머니의 모습은 전혀 두렵지도 않았고 허무한 마음마저도 느껴지지 않는 우리 할머니였다. 당신은 스스로를 전혀 돌보지 않으셨고 오로지 예수님과 성모님 그리고 자식들 생각만 하며 일생을 마친 분이셨다.

"할머니, 할머니께서 돌아가시기 며칠 전에 태어났던 내 큰아들 영훈이가 이제는 대학생이 되었습니다. 할머니 장례식을 마치고 돌아오던 날 밤에 제 처는 방에서 영훈이를 보고 계신 할머니 모습을 잠결에 뵌 것 같다고 했습니다. 저는 할머니께서 천당에 가시기 전에 증손자가 보고 싶어서 다녀가신 것이라고 믿고 있습니다. 그러나 무슨 말을 한다 해도 제가 죽기 전에는 할머니를 다시 뵈올 수가 없습니다. 이제 와서 해드릴 일이라고는 이렇게나마 기억해 드리는 일밖에는 없는 것 같아 속이 많이 상합니다."

마지막 생일상

2014년 8월 더운 여름날.

어머니가 메일을 보내셨다. (전화도 아닌 메일을 보내시는 일은 없었다.)

"내가 위 검사를 받아야겠다. 이번 주는 강화에 사는 동생들을 보러 가야 하니 다음 주로 예약해다오."

예감이 아주 좋지 않았다. 얼마 전 꿈에 돌아가신 할머니가 내 품에 안겨 우시는 꿈을 꾸었다.

'내가 죽을려나.' 대수롭지 않았지만 너무 생생했다.

어머니는 연전에도 내시경검사를 받았고 몇 달 전에도 성모병원에서 위내시경을 하자고 했지만 "늘 위축성위염이라는데…" 하시고 말았다. 며칠 전에는 위경련으로 집에 가서 주사를 놔드렸는데 아닌 게 아니라 요즘은 식사도 잘 못 드시고 혈색도 좋지 않았다.

수면내시경하는 당일, 설마하며 초조하게 기다리는데 성바오로병원에서 걸려온 한 통의 전화로 내 머릿속은 하얗게 타버렸다.

"원장님 오셔야겠어요. 위암이 상당히 진행된 상태입니다."

부리나케 달려가니 어머니는 영문도 모른 채 잠들어 계셨고, 나는 의사와 상의하여 일단 오늘은 여기 입원하시고, 내일 여의도성모에 입원해서 수술받기로 결정했다.

이미 간으로 전이되었고, 수술도 희망이 없었지만, 후배인 김욱 교수에게 수술해서 몇 달이라도 드시게 하자고 했다. 출혈도 심해 안할 수도 없었다. 주치의에게는 궤양으로 알고 계시니 절대로 말하지 말라고도 당부했다.

수술 후, 4개월 내내 어머니는 고통의 연속이었다. 암통으로 진통제와 수액주사를 집으로 가서 매일 놔드렸다. 가는 차 안에서 흐르는 눈물을 주체하지 못하며 어머니께 달려갔다. 어머니는 "무슨 궤양이 이렇게 아프냐? 언제 좋아지는 것이냐?" 나는 할 말이 없어 "때가 되어야 낫죠." 웅얼거릴 뿐이었다. 잘 넘기질 못하니 설렁탕 국물, 죽, 과일… 등을 사 들고 평소에 비웃던 산삼액도 드려보고 상황버섯 추출물은 설명서에 붙은 암치료 효능은 테이프로 가렸다. 항암치료는 시도했지만 사흘을 아무것도 못 드시고 토해 돌아가실 지경이라 포기했다.

그런데 나는 어머니를 속였고 어머니도 나를 속이셨다. 어머니도 믿고 싶지는 않으셨지만 짐작을 하고 있었다.

"이제 집에 가라. 좀 좋아진 것 같아."

어머니는 밤 10시쯤 되면 말없이 수액이 방울방울 떨어지는 것을 바라보던 나에게 말하곤 하셨다. 후에 간병인이 전한 이야기로는 "둘째는 엄마한테 와서 저녁 한번 먹는 일이 없어."라고는 아들 앞에서는 아픈 내색도 안 하다가 밤새 고통스러워 하셨다고 한다. 이번에 입원하면 다시는 집에 못 오시는데…. 집을 떠나지 않으시려는 창백한 어머니를 바라만 볼 뿐이었다. '어떤 어머니였는데'는 고사하고 이런 불효도 없었다.

어머니 돌아가시기 한 달 전. 10월 29일은 내 생일이었다. 낮에 전화를 하셨다.

"너, 저녁에 밥 먹지 말고 장 신부님 모시고 와라."

간병인에게 물어보니, 아픈 몸으로 택시를 대절해서 만류하는 여동생까지 뿌리치고서 남대문시장에서 생태를 사오셨는데 어지러워 많이 힘들어하셨다고 한다. 그날 저녁을 먹다가 밖으로 뛰쳐나와 많이 울었다.

"어디 가느냐. 밥 먹다가."

"담배 피우려요."

얼버무리고. 마음이 아파서 더는 기억하기가 힘들다.

헤어질 어머니와 함께하며 그동안 못 느꼈던 사실을 알게 되었다.

첫째, 어머니가 예쁘다는 사실이다. 아버지가 반할 만큼.

둘째, 감성적인 분이었다. 집에서 비디오로 장예모 감독의 〈집으로 가는 길〉과 〈오 일의 마중〉을 함께 보았는데 눈시울을 붉히셨다.

셋째, 경우가 밝고 체면을 중시한다는 것을 알았다.

여의도성모, 성바오로병원에서 동기와 후배인 병원장이 병실에 찾아왔으니 식사대접을 하라고 당부하면서 "집에서처럼 제 멋대로인 줄 알았더니 아니구나."라면서 흐뭇해하셨고 좋아하셨다.

결국 어머니는 강해 보였지만 여자였다. 물론 장례미사에서 신부님이 표현하신 성녀는 아니셨지만.

내시경을 받고 "기분 좋게 한숨 잤는데, 네 얼굴이 왜 그러냐?"라던 때부터 매일 오지 말라고 하면서도 창백한 얼굴로 차 소리만 나도 창밖을 내다보며 자식들을 기다리던 어머니. "우리 단풍이나 보러 가요."라는 내 말에 의외로 "그래 주겠니." 하시던 모습. 돌아가시기 며칠 전, 병원 침상에서 "네가 알아서 해."라던 모습까지, 모든 모습의 어머니를 사랑합니다. 시도 때도 없이 불쑥 찾아뵐게요.

그해 추운 겨울날 어머니는 병상에서 편안히 눈을 감으셨다. 병실 밖 하늘에는 무지개가 나타났다.

2022년 추석 당일 아침, 혼자서 불쑥 어머니를 뵈러 묘소에 갔다.

마치 어머니가 반가워하시는 듯. 한 줄기 빛이 묘비에

내려왔다.

　이 글을 빌어 어머니 임종에 매일 병원침상에서 미사를 드려 주신 예수성심전교수도회 장재성(마르첼리노) 신부님께 감사의 뜻을 전합니다.

그때 그 시절

1982년 4월, 나는 열댓 명의 장교들과 함께 철책을 따라 가파른 계곡을 헉헉거리며 오르고 있었다.

칠흑같이 어두운 밤에 철책의 불빛을 따라 한 손으로는 밧줄을 잡고 이동하는데 초소를 지날 때마다 경계근무를 서는 병사의 짧고 작은 목소리가 정적을 깼다.

"누구냐? 암호는?"

"수고한다. 군의관이다."

선두에 선 그 대대 군의관이 점잖게 대답했다. 그때 일행 중에 누군가가 지친 목소리로 "우리 좀 쉬었다 갑시다."라고 했는데 사람 좋은 그 군의관은 "그렇게 하지요. 저를 따라오세요." 하더니 소대 내무반으로 우리를 안내했다.

"충성!"

경례를 붙인 내무반 상황병이 병사들이 곤히 잠든 내무반 침상 한쪽에 우리가 쉴 곳을 마련하고는 마실 물을 주었다. 그해 새로 임관되어 사단에 배치된 군의관들이 도착하자마자 전방 최북단 1,020미터 고지인 건봉산에 자리한 부대에 체험을 온 것이다. 올 때는 동해 바다가 보이는 좋은 곳인 줄만 알았는데 이런 곳도 있었다니….

"어이 군의관님, 우째 이런 곳에서 근무했어요. 고생하셨네."라는 일행 중 한 군의관의 말에 "지낼 만합니다. 그리고 저는 이번에 제대합니다. 이제 다시 출발하죠." 한다. 다들 무거운 몸을 다시 일으키는데 그를 부러워하는 게 역력했다. 군대에서 제대하게 된 군인보다 부러운 사람은 없는 법이다. 모두 알이 배긴 다리를 끌며 따라가는데 그 군의관은 날렵하게 앞서가더니 그 모습마저 보이지 않는다. 한참 후에 천근만근인 몸을 끌고 의무대에 도착하니 그 군의관이 차를 끓여놓고 우리를 맞이했다.

"힘드셨죠. 차라도 한잔하시죠."

플라스틱 컵에 타주는 커피 맛이 매우 좋았다. 인사를

나누고 사단으로 돌아오는데 예감이 좋지 않았다. 누군가는 이곳으로 올 텐데 저 산꼭대기의 이십 평 남짓한 벙커(의무대)가 내 집이 될지도 모른다는 생각이 들었다.

어릴 적부터 놀이할 때도 늘 술래가 되는 사람은 나였고 중·고등학교 때도 같이 장난을 치다가도 걸리는 사람은 늘 약지 못하고 어수룩한 나였다. 아니나 다를까. 우여곡절 끝에 나는 구름을 뚫고 이곳에 올라와 무려 14개월을 군의관으로 근무하게 되었다. 게다가 연대장에게 신고할 때 첫 대면했던 보안반장과의 악연은 그곳에서 생활하는 내내 계속되었다.

연대장 방에 신고하러 가니 대위 한 명이 연대장과 이야기를 나누고 있었는데, 회의실 탁자 위에 발을 올려놓고 무언가 못마땅하다는 듯 불만 섞인 말들을 늘어놓고 있었다. 연대장은 그저 사람이 좋은 듯 웃으며 이야기를 듣고 있었다. 우리가 방에 들어서자 "저는 그만 가보겠습니다." 일어나며 힐긋 나를 쳐다본다. 그는 깡마른 체구에 큰 키에 얼굴색은 까무잡잡하고 뱁새눈에 뻗치는 머리카락을 더부룩하게 기르고 있어 꼭 멸치대가리를 연상하게 했다. 게다가 앙상한 다리에, 그 다리에 꼭 끼게 맞춰 입은 전투복 바지와 헐렁한 야전잠바를 입은 꼴은 일제시대 순사와 흡사했다. 게다가 대령 앞에서 일개 대위가 하는 작태라니. (당시는 보안사령관 출신 전두환이 정권을 잡은 직후였다.) 나는 속으로 '이런 인간이 싫다.'는 생각을 하며 그를 쳐다보는데 보안반장도 나를 째려보는 눈초리가 예사롭지 않았다. 이렇게 해서 나와 그는 첫눈에 원수가 되어버렸다.

적어도 처음 몇 달 동안 산에서의 생활은 생각했던 것보다 무료했다.

모두가 긴장한 탓인지 환자도 없었고 평온했다. 나는 자주 의무대 앞에서 산 아래에 펼쳐져 있는 운해(雲海)를 바라보며 할머니와 어머니 생각을 하곤 했다. 이상하게도 이런 외지에 와있으면 오히려 집에 있는 식구들이 더욱 안쓰러워진다.

그러던 어느 날 지나가던 대장이 이런 내 모습을 보더니 "저누마, 지금 뭐하노? 어디 의무대 좀 가보자." 이리저리

둘러보더니 나를 보고 "군의관, 내 방으로 가서 차나 한잔 하자." 우리는 커피를 마시며 담소를 나누었다. 그는 부산 출신으로 육사를 나온 분이었는데 정이 많고 자상한 지휘관이었다. 그때부터 대장은 나를 친동생처럼 대해 주었다. 숙소에서 지휘 본부로 올라갈 때면 늘 의무대에 들러 "군의관 자나? 밥 묵은나?"라며 나의 안부를 살펴주곤 했다. 또 간혹 맛있는 음식이 있으면 방으로 나를 불러 같이 먹자고도 했다. 그리고 순찰을 나갈 때도 늘 나를 대동하고 다니며 아픈 병사들을 돌봐주게 했다. 그래서 나는 가파른 계곡을 수없이 오르내리며 몸은 고단했지만 시간 가는 줄 모르고 지냈다.

당시에 소대에서 만났던 병사 중에 잊을 수 없는 친구가 있다. 고 일병. 그는 부대에서 가장 키가 크고 기골이 장대했다. 나보다도 키가 조금 더 컸고 얼굴은 좀 우락부락했지만 선한 눈매를 가진 친구였다. 나는 그가 있는 소대에 가면 늘 고 일병을 찾곤 했다.

"잘 있었나?"라고 내가 인사를 건네면

"네! 일병 고○○." 내부반이 떠내려가게 큰소리로 대답했다. 나는 소대장 방으로 그를 불러 "시끄럽다. 그냥 살살 이야기해."라면서 친구처럼 대화를 나누었다.

나보다 두 살 아래였던 고 일병은 고대 법대를 졸업하고 늦게 군대에 왔는데 사법고시보다는 대학원에 진학해 공부를 계속하고 싶다고 했다. 그리고 자기는 최전방에서 근무해보고 싶어 이곳에 자원했고, GP(Guard Post, 비무장지대 경계초소)에서 경계근무도 서겠다며 늠름하고 밝은 모습을 보였다. 이 친구를 볼 때면 일부러 자원하는 친구도 있는데 나는 뭐가 힘들다고 하는 것인가. 어느새 그의 모습이 내 마음속에 자리 잡기 시작했다. 언젠가 고 일병이 휴가를 다녀오면서 의무대에 들렀는데, 그는 휴가를 갈 때보다 부대에 복귀할 때 표정이 더욱 밝은 놀랍도록 긍정적인 성격을 가진 청년이었다.

아무튼 나도 그즈음엔 전방의 야전군의관으로 적응해가고 있었다. 가끔 군종신부(軍宗神父)와 군목(軍牧)도 이곳에 왔다가 의무대에 들렀다. 그들은 성경책과 커피를 가지고 왔다. 그때 사단에서 최고의 수다쟁이로 소문난 군목이 가쁜 숨을 몰아쉬며 말도 못하고 축 처져있던 모습을 생각하면 웃음이 난다. 그러나 멸치대가리 보안반장은 가끔 의무대에 와서 이것저것 트집을 잡으며 내 속을 뒤집어 놓고 갔다. 나는 이 인간에게 복수하리라 다짐했지만 방법이 없었다.

평온한 시간이 흐르다 보면 반드시 폭풍우가 불기 마련이다. 이곳에서도 여름장마와 폭우로 GP에서는 지뢰매설 작업이 시작되었다. 부대에서는 구급차를 대기시키는 등 만반의 준비를 하고 있었다. 그러던 어느 날 의무대로 걸려온 긴급한 전화는 평화와 정적을 깨기에 충분했다. GP에 지뢰사고가 났으니 군의관이 즉시 출동하라는 연락인데 환자 상태는 보고를 받지 못했다. 그곳으로 가는 동안 위생병이 응급조치는 잘했는지 부상당한 병사는 누구인지 궁금했다. 혹시 고 일병은 아닐까?

통문 앞에서 초조하게 10여 분쯤 기다리는데 문이 열리며 여러 명의 병사가 들것에 부상병을 싣고 땀과 눈물이 범벅이 된 채 가쁜 숨을 몰아쉬며 뛰어나오고 있었다. 그들은 몹시 흥분한 상태였다.

"허둥대지 말고 환자 내려놔."

나는 침착하게 말하고 있었지만 들것 위에 누워있는 덩치 큰 병사는 바로 창백한 모습의 고 일병이었다. 지혈대는 무릎 위에 단단하게 고정되어 있었으나 이미 심장이 멈춘 상태였다. 심폐소생술도 아무 소용이 없었고 이미 몸에서 더 이상 나올 피도 없는 상태였다. 같이 있던 병사들 말로는 중상을 입고 벼랑으로 떨어졌지만 그곳에 매설된 지뢰 때문에 고 일병을 밧줄로 끌어올릴 수밖에 없었다는 이야기였다. 그 과정에서 과다출혈로 사망한 것이다. 또 한 명의 부상병은 가벼운 파편상을 입은 병사였다. 응급치료를 마치자 사단에서 헬기가 도착했다. 대장은 침통한 표정으로 "헬기로 사단으로 옮겨라. 연대보다는 사단에서 장례를 치르는 게 낫다." 그는 지휘관으로서 떠나는 병사에게 마지막 배려를 했다. 그런데 헬기 조종사 소령은 작은 헬기로는 두 명을 후송시키기가 어려우니 군의관이 판단하라는 것이었다.

"군의관, 이 병사 아직 살아있어요?"

"사망했습니다."

"그럼 부상병만 신고 출발합시다."

내 말이 끝나기가 무섭게 조종사가 말했다.

하는 수없이 고 일병을 앰뷸런스에 싣고 연대로 출발시키려는데 보안반장이 조사할 것이 있으니 사망한 병사는 보내지 말고 현장에서 기다리라는 연락을 해왔다.

"기다리긴 뭘 기다려. 운전병, 연대로 빨리 출발해."

떠나는 고 일병을 바라보며 나는 부상병과 함께 헬기에 올랐다. 흔들리는 헬기 속에서 나는 부상병의 손을 잡았다.

"괜찮나?"

"전, 괜찮습니다."

그는 용감하고 착한 군인이었다.

그때가 군부 독재 시절이었던 것은 분명한 사실이지만, 어떤 작가의 소설에서, 산에서 늑대가 내려오지 않는다고 표현한 것은 사실이 아니었다. 우리는 긴장을 늦추지 않고 서로를 노려보며 으르렁대고 있었다. 도저히 이성적으로 납득할 수 없는 일이었지만 어쩔 수 없는 현실이었다. 그들은 언제라도 공격할 태세를 갖추고 있었다. 이런 상황에서 그 사고는 불가항력이다. 제대할 날만을 손꼽으며 세월을 보내던 이기적인 나에게도 전우의 죽음은 나를 변화시켰다. 처자식도 없었던 내가 무엇 때문에 그렇게 몸을 사리고 살아왔는지 고 일병을 보며 나를 용서할 수가 없었다. 그러나 흔들리는 헬기 속에서 원망할 상대가 있었다는 것은 조금은 다행스러운 일이었는지도 모른다. "이게 말이 됩니까?" 그러나 그곳에 하느님은 계시지 않는 것 같았다.

야전병원으로 부상병을 후송하고 이튿날 고 일병을 만나기 위해 연대로 돌아왔다. 그런데 연대에 도착하니 소문이 돌고 있었다. 위생병의 지혈 미숙으로 환자가 사망했다는 이야기와 군의관이 응급조치만 잘했어도 살 수 있었을 것이라는 말이었다. 그때 연대 위생병이 뛰어나오며 "군의관님, 대장님이 군의관님 연대에 들르지 말고 바로 부대로 복귀하시라고 어제 연락이 왔는데요." 그 말에 상황이 어떻게 돌아가는지 대충 짐작이 갔다. 사람이 죽은 마당에 그게 다 무슨 상관이란 말인가. 누가 그런 말을 하고 다녔는지 알 것 같았다. 하지만 변명이란 것도 나를 지키려고 하는 의욕이 있어야 하는 것이다. 허탈하고 탈진했던 나는 그저 피식 웃으며 빈소가 차려진 곳으로 향했다. 설사 가족들이 멱살을 잡아도 아무 변명도 하지 않으리라 다짐하면서. 빈소 밖은 군인들이 분주했지만 빈소 안은 고 일병의 형이 쓸쓸히 지키고 있었다. 그는 고 일병처럼 큰 체구는 아니었지만 점잖고 예의바른 사람이었다. 나는 죄인의 심정으로 몇 번이고 용서를 구한 후에 그동안 고 일병과 지냈던 이야기를 했다.

그의 형이 내 손을 잡으며

"저도 군 생활을 했습니다만 군에서 장교 특히 군의관을 아는 게 얼마나 큰 복인데요. 그 아이가 아마 발이 커서 밟았나 봅니다."

성숙하지 못한 사람들은 이런 상황에서 분풀이할 사람을 찾는 것이고, 성숙하고 착한 사람은 그를 기억해 주는 이에게 감사하며 오히려 위로해 준다. 그는 얼른 매점으로 달려가 인삼차 한 박스를 내게 건네며 "부탁이 있는데요. 훼손된 다리를 꼭 찾아주셨으면 합니다."라며 간곡히 이야기했다.

"걱정하지 마세요. 제가 바로 돌아가서 꼭 찾아보겠습니다."

무언가 고 일병을 위해 할 일이 생겼다고 생각하며 부리나케 산으로 돌아왔다. 대장에게 달려가니 그는 허탈한 표정으로 혼자 있었다. 나를 보자 힘없는 목소리로

"왔나. 거긴 뭐 하러 갔노. 연대에서 알아서 할낀데…. 그래 가족은 만났나? 사고 한 건도 없이 할라 했는데…."

인정이 많은 대장은 회한이 섞인 목소리로 말하고 있었다. 나는 고 일병의 형과 약속한 말을 전했다.

"임마가 정신 나갔나. 그걸 우데 가서 찾노. 여기저기 흩어졌을 낀데. 그게 멀쩡히 있을 줄 아나. 누가 그 속에 들어간단 말이고?"

대장이 펄쩍 뛰었다. 대체 이 일을 또 어쩌란 말이냐.

"가서 쉬겠습니다."

"차라도 한잔하지. 와 벌써 가노?"

나는 방을 나가며 문밖에 있던 당번병에게 "너 커피 좀 진하게 타. 싱거워서 목 먹겠다."라고 화풀이하듯 한마디를 던지고는 의무대로 돌아왔다. 그리고 다음 날 아침까지

깊은 잠에 빠졌다. 그 후로 그 가족을 다시 만나지 못했다. 결국 이 사건은 군단 정모참모가 부대를 방문하고 다시 얼마 후 군사령부에서 전방부대에 공문이 내려왔다. GOP의 군의관들은 GP에 있는 위생병들에게 지혈교육을 철저히 시키라는 내용이었다. 그리고 일은 마무리되었다.

그해 눈이 수북이 쌓인 산에서 추운 겨울을 보내며 크고 작은 일들을 겪었다. 나의 모습은 적어도 겉으로는 강인한 모습으로 돌변했다. 보안반장도 더 이상 의무대에 나타나지 않았고 어쩌다 마주쳐도 그냥 지나쳤다. 생각하면 그도 자기 의무를 다한 군인이었을 뿐이다. 이렇게 어려운 일들을 겪고 나면 사람이 강해지는 것이 아니라 무덤덤해질 뿐이다. 때로는 그동안 자신을 지탱하고 믿어왔던 신념들을 잃어버리기도 한다. 그때부터 나는 사는 것도 죽는 것도 모두 대수로운 일이 아니며 너무 진지하지 않게 그저 생긴 대로 살아갈 뿐이라고 생각하며 살아왔다.

나는 그 산속에 많은 것들을 두고 왔다. 그러나 내가 지금 그리워하는 것은 잃어버린 것들이 아니라 그때 그 시절 그들의 모습이다.

그곳에서 임기를 마치고 말년에 나는 대위로 진급하여 홍천의 야전수송교육대 의무실장으로 보직을 받았다. 편안한 몇 달의 시간이 흐르자 산에서 지냈던 일들이 아득하게만 느껴졌다.

그러던 어느 날 점심을 먹으러 가는데 상공에서 몇 대의 헬기가 굉음을 내며 꼬리를 물고 원주 방향으로 날아가고 있었다. 곁에 있던 교장 박 대령은 상황을 이미 알고 있었는지 "당신이 근무하던 부대에서 큰 사고가 났다나 봐."

나는 하염없이 빈 하늘을 바라보며 자리를 뜨지 못하고 있었다.

다림질

요즘 나는 다림질 재미에 푹 빠져있다. 오래전부터 하고 싶었던 일이다.

과거에 어머니들은 생활하는 데 꼭 필요한 일인데도 하찮게 여기며 그저 공부만을 강요했을 뿐이다. 어디 다림질 뿐이랴. 설거지, 요리, 빨래 등은 여자들이나 가사도우미가 하는 하찮은 일로 여겼다. 근래에는 남자들도 가사를 돕는다고 하지만 기껏해야 집 안 청소나 쓰레기 버리는 일 그리고 설거지를 도울 뿐이다. 게다가 세탁은 세탁소에서 아파트 가가호호를 방문하여 배달해 주기에 여자들도 다림질은 서툴기 마련이다. 하지만 시도 때도 없이 초인종을 울리며 "세탁이요." 외치는 소리에 짜증도 나지만 인간적으로 미안한 마음도 든다.

대학 시절 방학이면 어머니가 운영하는 슈퍼에서 자전거로 배달 일을 했었다. 더운 여름에 무거운 콜라 박스를 들고 아파트 계단을 올라가서 벨을 누르면 안주인이 손가락으로 구석을 가리키며 "저기에 갖다 놔요. 여기 있어요." 하며 돈을 건네던 그 모습이 좋아 보이지 않았다. 그때 나는 절대로 배달을 시키지 않으리라 마음먹었다.

그래서 지금도 중국요리, 피자 외에는 배달을 시키지 않고 아이들에게도 직접 사 오게 한다.

어느덧 나이가 오십 대 중반이다. 꼴이 사납고 주책이라 할지도 모르나 살면서 남 눈치 별로 안 보고 나 잘났다고 외치며 살아온 인생이 아니더냐. 좋지도 않은 머리와 남의 말은 귀담아듣지 않는 성격이지만 다림질은 할 것 같았다. 물론 이것도 남들이 안 해서 그렇지 경쟁이었다면 별로 신통치는 않았을 것이다. 그래도 적성에 맞았고 평생 내가 해야 할 일을 남의 손에 수고를 끼치는 일이라고 생각하니 보람도 있었다.

갖다 붙이자면 다림질을 하면서 마음을 다린다고 말할 수도 있겠지만, 그런 잡생각을 하는 사이에 바지 주름이 어긋나 버린다. 다림질은 그 자체로 훌륭하다. 잘 다리기 위해 인터넷도 찾아보고 다리미도 새로 장만했다. 셔츠를 다리는 데는 좀 작은 것이 필요한데, 작은 것은 스팀다리미가 아니란다. 그래도 우리 집 도우미 아주머니는 잘도 다린다. 곁눈질하다가 눈치를 보며 한마디 건넨다.

"아주머니 칼라는 어떻게 다려요?"

"이렇게 뒤집어서 다려요."

내친김에 하나 더.

"그러면 칼라가 뻣뻣하게 서지 않나요?"

거침없이 답이 나온다.

"다린 후에 이렇게 단추를 채워서 걸어놓으세요. 해보시게요?"

"아, 예~."

이렇게 한수 배우는 것이다.

아주머니가 안 오는 날이면 빨랫감이 넘쳐나니 올 때마다 한숨이 나실 것이다. 사내 녀석들과 나까지 합세해 한

번 입은 옷은 그대로 빨래통에 들어가니…. 게다가 청소와 식사 준비까지 하려면 힘에 부칠 만도 하다. 그중에서도 제일 힘든 일은 역시 다림질일 것이다. 그래서 쉬는 날은 설거지와 다림질을 내가 하기로 했다. 자기가 먹던 밥그릇도 치우지 않고 일어나는 녀석에겐 당연히 눈을 부라린다.

"야. 치워. 누구보고 치우란 말이야."

녀석들이 말은 듣지만 투덜거리기 십상이다.

"야. 너 집에서 나가."

내가 이렇게 변해가니 아이들도 의아해한다. 나 역시 평생 손 하나 까딱 안 하고 살아왔으니, 일은 했지만, 생활이 없었던, 삭막한 삶을 살아온 셈이다. 그래서인지 몰라도 언제부턴가 삶이 의미가 없다고 생각해 왔다. 모든 일이 내가 없어도 되는 일이며 오히려 더 좋을 것이라 여겨졌다.

그런 나에게 다림질은 새로운 삶을 제시했다. 지금부터의 삶은 천천히 일상을 즐기며 살아가는 나의 것이다. 잡다한 모임이나 진부한 대화도 관심이 없다.

"난 집에 가서 다림질…"이라는 말은 차마 못 해도 "집에 일이 있어서…"라고 말하는 일이 잦아졌다.

    다림질의 속성은 솜씨보다는 정성이다.

    또 돌아가신 할머니 생각이 난다. 할머니는 당시에 의대생이던 나의 실습 가운을 다림질해 주곤 하셨다. 공부도 열심히 안 했던 나는 죄송해서 "할머니 그거 다리지 마세요."라면서 한사코 말렸지만 "할미 정성으로 네가 성공하는 거야." 하시던 모습이 아련하다. 이쯤 되면 다림질은 사랑으로 승화된다.

    사랑하던 점장 이○○ 씨가 얼마 전 뇌출혈로 쓰러져 사지마비로 병상에서 투병 중이다. 이분은 사시사철 늘 똑같은 감색의 헐렁한 점퍼를 십 년 이상 입었다. 수차례 지퍼를 바꿨고 긴 소매는 접어서 입었다. 하지만 이 나일론 점퍼는 늘 잘 다려져 있었다. 평생 사치라고는 모르고 일만 해 온 그가 직장에서뿐만 아니라 집에서도 사랑과 존경을 받고 있다고 느꼈다. 지금 그는 아내의 헌신적인 간호로 조금씩 호전되고 있다.

    전방에서 군의관으로 근무하던 시절엔 '인간 다리미'가

등장했다. 체감기온 영하 50도까지 떨어지는 추운 겨울에도 내 군복은 항상 잘 다려져 있었다. 다리미는 고사하고 인두도 없는데. 알고 보니 위생병들이 군의관님 군복을 잘 펴서 널빤지를 덮고 그 위에서 잠을 잤다고 한다. 그 산속에서 우리 의무대는 가족이었다.

여기서 다림질은 충성이고 자존심이다. 못마땅한 상관에게 머리를 조아릴지는 몰라도 다림질은 해주기 싫을 것이다.

나는 정말 잘 다리고 싶다. 솜씨도 있고 정성이 깃든 다림질을 하고 싶다. 다림질은 문지르는 일보다는 옷을 잘 펴는 일이 중요하다. 옷소매나 바지는 항상 양면이 있으므로 반대편의 구김에 조심해야 한다. 이 문장을 쓰고 나니 무언가 깊은 뜻이 숨어 있는 것 같다.

그러나 이마에서 땀이 뚝뚝 떨어지는 다림질을 할 때는 이런 생각도 잡념일 뿐이다. 열심히 생활하지 않고 가만히 앉아서 해온 생각들이 얼마나 부질없는 것이었던가. 삶과 행복에 대해 고뇌한들 땡볕에 그을린 주름진 모습의 늙은

농부 앞에서 할 말이 있겠는가. 영원한 천상행복을 목이 터지라 외쳐본들 졸지에 죽은 어린아이의 시신 앞에서 또 무슨 말을 하겠는가. 차라리 조용히 다림질하며 한 귀로 흘리고 싶다.

나는 왜 다리고 있는지 모른다. 잘 다려진 옷을 입고 싶은 마음도, 남에게 잘 보이고 싶은 마음도 없다. 다만 땀을 흘린 후의 뿌듯함을 느낄 뿐이다. 하기야 왜 뛰는지, 왜 오르는지, 왜 기도하는지, 왜 사는지 아는 사람이 있겠는가? 목적이 있다면 그 일을 즐기는 것은 아니다.

아내도 이런 내 모습이 우스운지 "제법 다리는데… 아직 멀었어. 내 것도 좀 다려줄래? 바느질도 한번 배워 봐."라고 비아냥댄다. "그래 다려줄게." 아이들 방을 지나며 "너희들 다릴 옷 없냐?" 이젠 아이들도 버릇처럼 하는 한마디, "아니요~."

영헌이

　내가 영헌이와 처음 눈을 맞춘 것은 92년 어느 가을날이
었다.

　서른일곱 늦은 나이에 늦둥이를 본 것이다. 이미 아들이
둘이 있었지만, 아내가 셋째아들을 순산했다는 소식을 접
하고는 병원진료도 중단한 채 장미꽃 한 다발을 들고 늠름
하게 병원으로 향했다. 나이가 들어 얻은 아이여서 그랬는
지 신생아실에서 만난 영헌이는 애처로울 정도로 사랑스러
웠다.

　이때부터 나의 별난 막내사랑은 시작되었는데, 아내의
말에 따르면, 노인네 아이 얻은 것처럼 별나다느니, 아이
버릇 다 망친다느니, 별별 소리에도 굴하지 않고 애지중지

하며 키웠다. 막내와 같이 있으면 흔히 말하는 함께 있어도 그리운 사람이라는 말이 공감이 갈 정도였다.

헌이가 학교에 들어가면서 나는 학교에 가는 아이의 뒤를 몰래 따라가 시야에서 사라질 때까지 뒷모습을 물끄러미 바라보기도 했다.

그렇게 행복한 시절을 보내던 중, 헌이가 중학교 2학년이 되자 아내는 미국으로 유학을 보내야겠다며 내게 적극적으로 설득해 주라고 부탁했다. 청천벽력 같은 소리였고, 내가 협조를 하겠는가?

그런데 막내에게 물어보니, 자기도 꼭 가고 싶다는 이야기였다. 하기야 이 땅에서는 대학 가기도 힘들고 재수하며 고생하는 형들을 곁에서 지켜보았으니 저에게도 생각이 있었다. 어린 나이에 혼자 미국에 보내기는 도저히 내키지 않았지만 어쩔 수 없는 일이었다.

떠나는 헌이에게 비행기 속에서 읽어보라며 편지를 전했는데, 내용은 싫으면 내일이라도 바로 돌아오라는 것이었다. 여건만 허락한다면 내가 당장이라도 따라가고 싶은 심정이었고 우리가 이 땅에 태어난 것이 원망스러웠다.

이쯤 되면 이건 누가 보더라도 아이에게 아무런 미래도 제시하지 못할 뿐 아니라 격려조차도 못해 주는 아빠였음에 틀림없다. 게다가 나는 아이들이 닮고 싶은 삶의 모델도 아니었다. 큰아이가 대학에 실패했을 때도 나는 울고 있는 모자(母子) 곁에서 휴지를 건네주는 무기력한 아버지였을 뿐이다. 아마도 아이들은 내가 자신들을 독려하고 미래를 제시해주는 아버지가 아닌 자기를 항상 감싸주는 정이 많은 보모(保姆)쯤으로 생각할지 모른다.

그러나 아이들이 나를 그렇게 생각했다면 그것은 정확한 판단이었을 것이다.

막내가 태어나기 수개월 전부터 나는 나병환우 마을(성나자로마을)에 진료봉사를 나가기 시작했고 막내가 태어나자 아들의 본명(세례명)을 성프란치스코로 정했다.

내가 진료를 나가는 일요일에는 늘 어린 막내가 마음에 걸려 예수님께 나를 대신해서 세 아이의 아버지 역할을 해주시기를 부탁드렸다. 내가 당신 일을 돕는 동안 당신도 나를 도와달라는 말도 안 되는 계약이었으나 최고의 아버지에게 아들을 맡기는 것이니 이보다 더 좋을 수는 없을 것 같았다.

어리석은 생각이었지만 어쨌든 현실 속에서 예수님께 세 아이들을 맡기게 된 셈이었으니, 마치 보모가 친부모에게 아이들을 맡긴 황당한 경우가 되고 말았다. 아무튼 이 일로 인해 내가 보모였음을 자각하는 계기가 되었고 이때부터 나는 보모로서의 역할을 진지하게 생각하게 되었다. 그러자 해야 할 일보다는 해서는 안 될 일들이 먼저 떠올랐다. 우선은 귀한 주인집 아이들에게 욕하거나 함부로 대해서는 안 되는 것이고, 해야 하는 일들은 그들이 위험한 길로 들어서지 않도록 보호하는 정도였다.

실제로 나의 역할을 보모로 인정한 후에는 많은 것들이 다르게 보이기 시작했는데, 바꾸어 말하면 내가 부모이기를 포기한 이후에는 그들은 예수님의 자녀가 되었고 그분의 계획 안에 그들이 있다는 사실을 알게 되었다. 공부는 안하고 잠이 든 아이를 바라보며 귀한 집 자녀의 느긋함을 부러워하기도 했고, 아무 계획도 없이 하루하루를 보내는 대학생 아이를 보면서 어디엔가 반드시 쓰일 곳이 있다고 생각했다.

아내는 늘 "아빠가 좀 무섭고 아이들이 어려워할 줄 알게 만들어야지."라고 채근했지만 나는 아이들이 도대체 무엇을 잘못하는지조차 느끼지 못했다. 야단을 한다면 대학생이 되면서 술을 많이 먹는 큰아이에게 주의를 주는 정도였으니 이것은 현실적으로 아이들의 장래를 방관하는 아버지의 모습일 것이다.

그런데 우리에게 작은 믿음이 있다면, 아니 예수님을 아이들의 진정한 아버지로 받아들인다면 우리는 아이들에게 일어나는 놀라운 일들을 체험하게 될 것이다. 무책임하다는 것은 관심과 사랑이 없는 상태를 말하는 것이고 깨달은 사람의 바라봄은 그 이상의 의미를 갖는다.

내가 아이들에 대한 세속적인 집착에서 벗어날 때, 아이들의 영혼은 자유로워지며 무한한 행복의 세계로 날아오른다. 그리고 내 안에서 편견 없는 순수한 사랑이 샘솟는다.

이런 작은 깨달음은 나를 침묵하게 하고 온유하게 만들었다.

막내는 이년 후에 고독한 유학생활을 포기하고 돌아왔

다. 외로움에 지치고 조금 거칠어진 모습이었다.

얼마나 보고 싶었던 아들이었던가. 나는 아들을 다시 맡겨주신 예수님께 감사드렸다, 요즘은 사춘기를 겪느라 좀 힘들기는 하지만 나는 마냥 행복하다. 앞으로 세 아이들과 한솥밥을 먹으며 함께 할 날도 그리 길지는 않을 것이다, 부모가 자식에게 마지막으로 해줄 일이 그들을 떠나보내는 일이라고 했던가.

오늘은 토요일이다.

일찌감치 퇴근해서 아이들과 목욕탕에 가야겠다. 어제 먹은 술로 곯아떨어져 있을 영훈이는 따라나설 것이고, 상근예비역 근무 중인 영한이는 친구 만나느라 집에 없으면 전화를 해봐야겠고. 요즘 고민이 많으신 우리 막내는 틀림없이 안 간다고 할 테지만 잘 구슬러서 데려가야겠다.

오는 길에 시원한 빙수나 사 먹으며 아이들 이야기를 들어볼 것이다.

담배

십여 년 전부터 내가 담배를 보루로 산 적이 없다. 한 갑씩 살 때마다 이것만 피우고 끊겠다고 결심했지만, 번번이 실패하고 말았다. 길게는 한 달 동안 끊어본 적도 있었지만, 담배의 유혹만은 끝내 떨쳐버릴 수가 없었다.

그런데 주위 친구나 친척들도 모두 담배를 끊었고 이제는 나 혼자서 흡연 전통의 명맥을 근근이 이어가고 있다. 그래도 내가 명색이 이비인후과 의사인데 아직도 담배를 피우고 있으니 이 흡연으로 망신을 당한 적이 한두 번이 아니다. 그런데도 끊지 못하고 병원에서나 집에서 숨어서 피우고 있으니 딱한 노릇이다. 내가 담배를 피우니 금연이 반드시 필요한 환자들에게도 "담배 좀 끊으시죠." 하기보다는 "담배 좀 줄이시죠."라고 말하는 경향이 있다. 나의 마음속에는 담배를 끊는 것이 불가능하다는 생각이 도사리고 있는 것이다. 그럼에도 간혹 내 말을 듣고 담배를 끊었다는 환자들이 있는데 내심 그들이 부럽다.

아이들이 집에서 담배 냄새를 맡고 자라서 그런지 몰라도 대학에 들어가면서 모두 담배를 시작했다. 담배를 피우다 나와 마주치면 고개를 돌리고 얼른 담배를 꺼버리는 아들에게 "작작 피워라. 뭐 좋은 거라고…. 피울 거면 내 앞에서는 그냥 피워."라고 지나쳤지만 얼마 못 가서 제 엄마한테 엄청난 꾸중을 듣고, 끊었는지 더 이상 아이들이 담배 피우는 모습은 볼 수가 없었다.

어느 날 아내는 나를 포함해 남자 셋을 모아놓고 사생결단을 했다.

"니들 아빠야 그렇다 쳐도 나는 내 아들이 담배 피우는 꼴은 못 본다."

일갈하더니 흡연을 끊지 않으면 집을 나가겠다고 하는 것이다. 그날 저녁 두 아들놈이 반성문과 각서까지 쓰고서야 일단락되었지만, 나의 처지가 더욱 초라해진 것은 말할

나위가 없게 되었다.

나는 흡연을 끊어야 한다고 생각하지만, 담배와의 인연을 악연으로만 생각하지는 않는다. 생전에 할머니께서는 젊은 나이에 앞서간 아들을 생각해서 손자인 내가 담배를 배우지 못하도록 철저히 감시하셨지만 내가 담배를 시작하자 부전자전이라 생각하셨는지 그때부터 할머니와 나는 맞담배를 피우는 사이가 되었다.

"담배는 한번 시작하면 인이 배겨 못 끊는다. 피울 거면 조금씩 하고 좋은 담배를 피워라."

당신은 필터도 없는 싼 담배를 피우시면서도 나에게만은 자식들한테서 받은 고급담배를 건네주곤 하셨다. 사실 당시 할머니는 성당에 가는 일과 담배를 피우는 것만이 유일한 낙이었던 분이셨다. 할머니 곁에서는 항상 구수한 담배 냄새가 났으니 그것이 바로 할머니의 냄새였다.

내가 의과대학 예과시절 여름방학 때의 일이다. 어느 날 할머니께서 기도 중이셨는데 안경 밑으로 손수건을 넣어 눈물을 훔치고 계셨다. 분명히 돌아가신 나의 아버지를 생각하셨을 것이다. 이십 년 가까운 세월이 흘렀건만 할머니는 아들을 가슴에 묻고 계셨다. 그러시는 할머니가 너무 측은해서 말을 건넸다.

"할머니, 기도하다 또 분심 생기셨네. 할머니, 내가 성인(聖人) 이야기 하나 해드릴게요."

"이게 무슨 반가운 소리냐. 네가 웬일이냐. 가만 있거라. 내가 담배 좀 가져오마."

할머니는 이내 반색하시면서 내 이야기 들을 만반의 준비를 하시고는 담배 한 대를 피우기 시작하셨다.

이야말로 할머니에게는 대반전이 아닌가. 담배 한 대로 슬픔을 달래드린 셈이다. 신앙생활에 열심이지 않은 손자가 난데없이 성인 이야기를 한다고 하니 기뻐하시는 기색이 역력했다. 그런데 문제는 내가 아는 성인이 없다는 것이다. 나는 피골이 상접한 할머니 무릎을 베고 누워 궁리했는데 문득 신학대학 학장님인 백민관 신부님의 종교철학 학기말에 보았던 구두시험 생각이 났다.

한 학기 동안 배운 자신의 노트를 신부님께 가지고 가면 그 노트를 보고 질문하시는 방식의 시험이었다. 딱딱한 의과대 시험만 보다가 이런 낭만적인 시험은 처음 경험하는 일이었다. 내 차례에서 신부님께서는 필기도 제대로 안 된 노트를 넘기면서 이것저것 물어보시는데 도대체 아는 것이 없었다. 신부님도 한심한지 "아는 것이 있으면 말해 보게." 하시기에 넉살 좋게 "아오스딩(아우구스티노) 성인에 대해 말씀드리겠습니다. 성인은 젊은 시절 방황의 세월을 보내다가 어머니 모니카의 기도로 회개하여 나중에는 교회의 위대한 학자가 되셨습니다." 신부님은 잠시 기다려 주셨는데 더 이상의 설명을 못하자 "그게 다야? 알았어. 나가 보게."라고 하셨다. 나는 머리를 크게 조아리고 나오기는 했지만 마음이 여간 찜찜한 것이 아니었다. 설마 의대생에게 종교철학으로 낙제를 시키지는 않겠지…. 성적표가 나왔는데 놀랍게도 92점이나 주셨다. 빼곡한 노트에 장황한 대답을 했던 친구들보다 오히려 높은 점수였다. 역시 신부님이라 그저 "예." "아니오."로 짧게 대답하는 것을 좋아하는 것이라는 말도 안 되는 생각을 했었다.

그런데 나는 최근에서야 백민관 신부님이 신학대학에서 평생을 교수로 보내신 저명한 학자 신부님이라는 사실을 알게 되었다. 어쩐지 그분 수업시간에 강의가 어려워 잠만 오더라니.

아무튼 할머니 무릎에 누워 이야기를 시작했는데, 내용이 없으니 천천히 하는 수밖에. "할머니, 아오스딩 성인 아시죠?" 할머니는 눈물까지 글썽이시며 "알다마다 그래서…." 나는 진지한 표정으로 "그분이 젊어서는 열심치 않으시다가…." 할머니는 너무 감격해서 중간에 말을 끊고 "그러니까 너도 이제부터는… 아니다. 어서 해봐라." 그러나 내 이야기는 담배 한 대가 채 타기도 전에 끝날 수밖에 없었다. 할머니는 못내 아쉬우셔서 "그새 그만이야? 이 싱거운 녀석, 저리 가거라. 나는 하던 신공이나 마저 해야겠다." 다시 할머니는 꾸벅꾸벅 졸아가며 기도를 바치시고 엉터리 같은 손자는 곁에 누워 낮잠이 들었다. 자다가 일어나보니 할머니는 벌써 큰집으로 가시고 내 머리맡에는 양담배 한 갑이 놓여있었다.

할머니께서는 내가 군의관을 마치고 강남성모병원(현

서울성모병원)에서 레지던트를 하던 어느 봄날 그리던 아들 곁으로 가셨다.

그리고 어느덧 중년이 된 손자는 가끔 그 일을 회상하며 남몰래 웃지만, 어느새 눈가에는 이슬이 맺힌다.

아롱이

요즈음은 슬프다.

가슴이 저리도록 슬프지는 않으나 애잔한 마음이 꽤나 오래 갈 것 같다.

엊그제 여섯 달 동안 기르던 진돗개를 다른 곳으로 보냈다. 바로 며칠 전에도 아롱이를 데리고 저녁 산책을 했다. 처음 우리 집에 올 때만 해도 강아지였던 녀석이, 침을 질질 흘리며 걷는데 이제는 줄을 잡은 팔이 뻐근할 정도로 힘이 세져 대견스러웠다.

그런데 성견이 된 진돗개를 새로 이사할 아파트에서 기르는 것은 쉬운 일이 아니었다. 펄펄 뛰며 물고 뜯는 본성을 야단치며 길들이기도 어렵거니와 그래서도 안 된다고 생각했다.

그동안 아파트에서 여러 마리의 개를 키웠는데 끝까지 기른 놈은 한 마리도 없었다. 아롱이가 무려 여덟 번째다. 그래서 아롱이만큼은 죽을 때까지 함께하려고 했다. 그도 그럴 것이 개의 수명을 20년으로 본다면 그때는 나도 75세쯤일 것이니 비슷한 수명일 거라고 생각했다.

아롱이는 명견이다. 아무리 길들이려 해도 자존심이 세서 주눅이 들지 않았으며 항상 당당했다. 게다가 충성심도 강해 잠깐 다른 집에 맡기면 낑낑거리며 밥도 잘 먹지 않았다. 일주일에 한 번씩 개를 돌봐주는 조련사도 "아파트에서는 감당하긴 어렵습니다. 보내려거든 6개월이 지나기 전에 보내시죠. 진돗개는 너무 늦으면 다른 곳에서 적응하지 못합니다."라며 충고했다.

결국 아롱이는 우리가 이사 온 다음 날 데려가겠다는 사람이 나타나서 보내고 말았다. 떠나던 날 막내 영헌이가 아롱이를 차에 태우려는데, 낑낑거리며 오줌을 싸고 창 밖으로 머리를 내밀고 계속 아들을 쳐다보더란다. 그날 막내 영헌이는 온종일 우울했다. 퇴근해서 막내 방에 들어서니,

"나가요. 아빠한테 정말 실망했어요. 나도 말 안 들으면 내보내야겠네요?"

"너는 이 집의 주인이야. 그게 말이 되니?"

당황해서 얼버무렸지만 정작 말이 안 되는 소리를 한 것은 나였다. 아롱이도 엄연히 우리 집 식구다. 이사를 결정할 때 아롱이를 소홀이 생각해서는 안 되는 일이었다. 개인주택은 못 가더라도 빌라에라도 가야 했는데…. 후회해도 때는 늦었다. 막상 보내고 나니 마음이 무척 아팠다. 언제든 보낼 수 있다고 생각했던 것이 실수였다. 막내에게 전해 들은 아롱이의 마지막 모습이 자꾸 아른거렸다.

사실 사람보다는 개가 순수하다. 품종이 좋은 개라고 잘난 척하기를 하나, 부잣집 개라고 거만하기를 하나, 가난하다고 주눅이 들길 하나. 그저 저를 사랑해 주는 주인이라면 가난하건 부자건, 잘 났건 못 났건 간에 믿고 따르는 것이다. 그런 개를 쉽게 내보낸 나야말로 개만도 못한 인간인 것이다.

나는 어릴 적부터 개와 함께 살아왔다.

생전에 개를 좋아하던 아버지는 너른 마당이 있던 장충동 집에서 여러 마리의 개를 길렀다. 듬직하고 순한 셰퍼드, 잽싸고 펄쩍펄쩍 뛰던 점박이 포인터, 외모는 흉측하지만 순하고 힘이 센 복서 그리고 여러 마리의 스피츠가 있었다. 당연히 마당에는 개똥이 여기저기 널려있었고 대문을 드나들 때마다 개 짖는 소리가 요란했다.

밥을 많이 먹던 셰퍼드는 찌그러진 세숫대야가 밥그릇이었는데, 먹다 남은 밥에는 항상 파리떼가 들끓었다. 날렵한 포인터는 펄쩍 뛰어올라 널어 논 빨래를 죄다 마당으로 떨어뜨려 어머니의 미움을 독차지했고, 힘이 좋은 복서는 줄에 묶인 채 자기 집을 질질 끌고 다녔다. 그래도 녀석은 순해빠져 물기는커녕 스피츠에 쫓겨 도망만 다니는 놈이었다.

당시에 나에게 개들은 한식구나 마찬가지였다. 그래서 밥을 먹다가 어머니 몰래 밥을 국에 말아 마당으로 들고나가 개들과 같이 먹기도 했다.

아버지가 돌아가시고 이사한 집은 마당이 좁았다. 키우던 개들을 모두 데려 올 수가 없었다. 그래서 아버지가 각별히 아끼던 복서 한 마리만을 데리고 왔다. 그나마 복서 아베도 좁은 마당이 답답했던지 주인을 잃어 우울증이 왔는지 어느 날 집을 나가버렸다. 아니면 당시에 유행했던 개 도둑이 끌고 갔는지도 모른다.

개들과의 이별은 할아버지 그리고 아버지와의 이별과 함께 슬픔으로 다가왔다. 우리는 함께 할 때는 서로가 얼마나 소중한지 모른다. 그러나 나도 언젠가는 사랑하던 사람들과 이별을 해야만 한다. 나 때문에 그들이 슬퍼하는 것을 원치 않으나 우리가 같이하던 작은 추억거리는 남기고 싶다.

십여 년 전, 막내 영현이가 네 살쯤이던 시절, 크리스마스이브였다.

그날 오전에 삼양동 산동네에서 빈민 사목을 하시는 박 수녀님이 전화를 했다.

"오늘 자정미사에 오실 거죠? 기다리겠습니다."

"예. 가겠습니다."

눈이 와서 땅은 질퍽하고 추운데 그곳에 올라가는 것이

싫었지만 대답은 시원하게 하고 있었다. 성탄절이면 그곳 공소에서 자정미사가 있었는데, 주로 주교님이나 추기경님이 오셔서 집전했다. 미사가 끝나면 이웃끼리 준비한 작은 선물을 주고받으며 식사를 함께하는 시간도 가졌다. 그 자리에서 나를 소개하며 박수를 치기도 했다. 나는 민망하기도 했거니와 내가 있을 자리가 아니라고 생각했다. 가기가 싫으면 발걸음이 무거워진다. 즐거운 성탄절 전야지만 집에 가면 두 아이와 아내는 초저녁부터 성당에 가고 막내만 남아있을 것이다. 이번에는 막내가 깜짝 놀랄 선물을 하고 싶었다. 이제는 산동네가 문제가 아니다. 미사 중에 두리번거리며 기다릴 박 수녀님한테는 미안했지만, 주머니 속의 핸드폰을 꺼놓고 충무로 애견거리로 나왔다.

Patti Page의 〈Doggie In The Window〉가 흘러나오고 쇼윈도에는 예쁜 강아지들이 장난을 치며 놀고 있었다. 나는 동심으로 돌아가 앙증맞은 강아지들을 바라보며 마냥 즐거웠다. 좋아할 막내 모습을 상상하며 망설이다가 고른 것이 슈나우저였다. 집으로 달려가 두툼한 외투 속에서 강아지를 꺼냈다.

"어! 강아지다. 엄마가 알면 어떡해요?"

일단 영헌이와 의논 끝에 경비실에 맡겼다가 눈치를 봐서 가져오기로 했다. 다행히 성당에서 돌아온 아내가 받아들였다. 그날부터 막내는 날뛰는 강아지를 자기 자동차 뒤에 태우고 거실을 돌아다니며 준엄한 목소리로 "토토 가만히 있어." 하던 귀여운 모습이 눈에 선하다.

그런데 개 짖는 소리가 요란해서 아래층의 항의가 빗발쳤다. 예민하고 깐깐한 아래층 대머리 아저씨가 수시로 올라와서 난리를 쳤다. 그 아저씨는 성당에서 성가대로 활동했는데 열심치 않은 나는 그때부터 성당에 거의 나가지 않게 되었다. 깐깐한 성가를 들을 수는 없지 않은가. 결국 토토를 다른 집으로 보내졌고, 그 후 아롱이까지 무려 여덟 마리의 개가 우리 집을 거쳐 갔다. 어머니는 "도대체 너희 집에 오는 개들은 왜 그 난리들이냐?" 할 정도였다.

그 개 중에는 며칠 동안 맡아 주었던 늑대보다 더 큰 시베리아허스키도 있었고, 또 식성이 너무 좋은 코커스패니얼이 너무 날뛰었는데 어느 날 식탁 위로 뛰어올라 새우튀김을 죄다 먹고 토해 놓기도 했다. 김장할 마늘을 먹고 탈이 난 놈도 있었고, 깨진 유리 조각을 먹고 동물병원에 입원했던 녀석도 있었다. 아무튼 품종에 관계 없이 우리 집에 오는 개들은 모두가 먹성이 좋고 날뛰며 사람을 가리지 않고 잘 따르는 것이 문제였다.

기르던 개들 중에 잊을 수 없는 녀석이 있다. 강화에서, 아내 몰래 들여온 골든레트리버 나나, 이놈은 맹인견으로도 유명한데 특히 금빛 털이 멋있었다. 새끼 때부터 발이 두툼한 것이 불과 몇 달이 지나자 몸집이 커지고 털이 많이 빠져 아파트에서 감당할 수 없게 되어 궁리한 끝에 수도원에서 운영하는 '나루터'라는 장애자 시설에 보내기로 했다. 아무래도 수사님들이 돌봐주면 안심이 되고 장애자들 정서에도 도움이 될 것이라는 생각이 들었다.

순수함이란 거룩함, 희생, 봉사, 기도보다 우위에 있는 덕목인 것인가.

나나를 수도원에 보내면서 점잖은 개가 될 것을 기대했는데 오히려 그곳이 개판이 되고 말았다. 가족들과 그곳에 가보니, 나나는 일곱 마리 새끼를 거느린 어미가 되어있었다. 더운 여름에 옥상 슬라브지붕 밑에서 폭염과 장맛비를 피하며 비쩍 말라 축 처진 젖을 늘어뜨린 채, 나나는 우리를 알아보고는 꼬리를 치며 달려들었다. 거기서 한참 동안 같이 놀았는데 돌아올 때 떨어지지 않으려는 나나의 큰 눈망울이 떠오른다. 새끼 때 불과 몇 달을 함께했을 뿐인데. 나나와 만나고 나서 턱수염을 길게 기른 원장 수사님과 젊은 대머리 수사신부님 두 분과 함께 점심식사를 하는 동안 이분들의 화제는 개 타령 일색이었다. 나나의 새끼들을 분양하면 어려운 이곳 살림살이에 약간의 도움은 될 테지만 아무래도 시집을 잘못 보낸 것 같았다. 결국 나나는 태풍이 불던 어느 날 폭우에 새끼들을 잃고 얼마 후에 죽었다는 소식을 들었다.

그래도 긴 세월을 귀여운 아들들 그리고 순진한 개들과 함께 행복했다.

아롱이를 보내고 한동안 나뿐만 아니라 가족들이 우울증을 앓았다. 집안이 조용하고 개 짖는 소리가 들리지 않아 평화로운 것이 아니라 적적하기만 했다. 하기야 개를 잘 키우지도 못했던 사람이 이런 말을 하는 것 자체가 더 문제일 것이다.

지난 월요일 아롱이를 보내고, 개들과 함께했던 시간을 회상하고 있었다. 그때 전화가 걸려왔다.

"원장님. K치과라는 데요."

과거에 나자로 마을에서 같이 봉사하던 치과의사다. 지금은 칠순을 훨씬 넘기셨을 것이다. 그분은 그 시절 치과의사협회의 후원으로 나환우들에게 틀니를 만들어주는 봉사를 했다. 더 이상 틀니가 필요한 환자가 없자 후에는 경상도 지역의 나환자정착촌에 가서 봉사를 계속하셨는데 정말 오랜만에 연락을 해오신 거다.

"잘 지내셨지요."

"네. 덕분에요. 제가 이번에 호암상 추천을 받았어요. 자꾸 아니라고 하는데도 주위에서 추천을 해주어서요. 4월 1일자 신문을 보세요. 아참, 제가 늘 조 선생님을 고맙게 생각한다는 것을 알고 계십시오."

아롱이 때문에 심란한 가운데 받은 전화이다. 함께 봉사하던 나자로마을이 생각났다. 지금 기억하는 것은 성당에 계신 십자가상의 예수님, 어렴풋이 생각나는 나환우 할아버지들 그리고 그곳에서 기르던 사나운 진돗개 백구의 모습뿐이다. 물론 K원장님은 곁에서 보기에 상 받을 자격이 충분한 분이다. 그분이 그곳을 떠나며, 남몰래 성모님과 둘이서 봉사할 일을 찾고 있다고 하던 말이 생각나면서 아쉬운 생각이 들었다.

인생에는 향기가 있다. 그러나 그 향기는 거룩함이나 희생과 봉사를 통해서 피어오르는 것이 아니다. 그보다는 순수함에서 자연스레 묻어나는 체취라는 것을 나나와 아롱이를 통해 깨닫게 되었다.

아롱이는 옥천에 마당이 있는 집으로 갔는데, 버림받았다고 생각하는지 아니면 새로운 주인이 원망스러운지, 아직도 주인아주머니한테 으르렁거린다고 한다. 우리 집에서는 식구만 들어오면 반가워 현관에 오줌을 싸는 바람에 걸레질하면서 들어오곤 했다.

그 주인아주머니만 허락한다면 오는 일요일에 막내를 데리고 옥천에 가서 아롱이를 다시 데려와야겠다. 다시 키우고 싶다.

2

하늘의
법칙

우리 병원의 주인

막내가 태어나던 16년 전(1992년) 나는 경기도 의왕시에 위치한 나자로마을에서 나환자(癩患者) 진료봉사를 시작했는데, 그 일은 6년간 계속되었다.

그곳에 나가게 된 이유는 예수께서 나환자들을 각별히 사랑하셨으니 그곳에 가면 현존하시는 예수님을 만나 뵐 수 있을 것이라는 단순한 생각에서 시작한 일이었다.

일요일에 진료가 끝나고 나면 그곳에 있는 성당에 들러 허공에 매달려 계신 십자가상의 예수님을 멍하니 바라보곤 하였다. 그 시간에는 미사도 없었고 북적거리던 방문객도 돌아간 후라 텅 빈 성당은 적막하기만 했는데, 그곳에서 예수님의 깊은 고독을 보았다. 나는 어두운 성당에서 한동안 머물다가 예수님을 홀로 두고 나오자니 발걸음이 떨어지지 않았다.

그래서 나자로 마을에 다녀온 다음 날인 월요일이면 언제나 조금 일찍 출근하여 내 방에 혼자 앉아 벽에 걸린 십자가를 바라보며 묵상했다. 내가 어릴 적 아버지가 돌아가시던 날 대들던 이후에 처음 만나 뵙는 느낌이라 서먹했지만, 그분의 외로움을 덜어드리고 싶은 마음이었다.

할 이야기가 없어 평소 나의 못된 성격대로 봉사하러 가서 못마땅하고 눈에 거슬리던 사람들과 불쌍한 나환자들에 관한 이야기부터 하기 시작했다. 그리고 그 같은 침묵의 대화는 일상처럼 계속되었다.

사실 신앙은 매일같이 달라지는 것이고 자신의 고통을 덜기 위해 울부짖고 자신이 원하는 것을 얻기 위해 떼를 쓰고 매달리는 행위도 포함될 것이다. 그러나 내가 만났던 예수님은 매우 외로운 분이어서 나는 그분과 이야기를 나누고 싶었던 것이다.

언제나 보이지도 않고 대답도 없으셨지만, 귀를 기울이자 가슴에 와닿는 느낌이 있었다.

그 후 예수님은 매일같이 내가 만나는 모든 사람에 대해 이야기를 해줄 것을 부탁하셨고, 그래서 나는 하루에도 여러 번 방에 들어가 이야기를 나누기도 했다. 그러는 사이에 언제부턴가 방의 주인이 예수님으로 바뀌어 있었다. 갈수록 대화는 적어졌지만 나는 늘 방에 들어갈 때면 고개 숙여 인사를 드렸고, 담배는 물론이고 예수님 자리에는 앉지도 않았다.

현실적으로는 병원의 주인이 바뀌었으니 나는 직원이 된 셈이라 경영에 신경을 쓰지 않아도 되는 좋은 점이 있었다. 주인이 예수님이라면 병원이 망할 일은 없을 것 같았고 넉넉하게 주는 월급만 받아 가면 되는 것이었다. 이제는 나도 같은 직원의 입장이 되어보니 원장의 눈치를 보는 간호사의 마음도 이해하게 되었으며, 누가 주인을 위해 성실하게 일하는지도 알게 되었다. 그러나 내가 모신 주인은 너그럽고 직원들을 혹사시키지 않는 분이었다.

병원 수입에 신경을 쓰지 않게 되니 몸도 피곤하지 않아서 환자들에게도 충분한 시간을 갖고 진료했으며 의사로서 환자들의 비위를 맞추는 데만 전전긍긍하지 않고 소신껏

일할 수도 있었다.

하나둘씩 늘어가는 빈민노동자들과 외국인노동자들의 진료도 당신이 어떻게 알아서 하실 것으로 생각해서 중간에서 내가 조절하거나 간섭하지 않으려고 노력했다.

설사 도와줄 가치도 없는 파렴치한 술주정뱅이가 오더라도 겉으로는 아무런 내색도 하지 않았다. 나는 미련한 종이 될지언정 스스로 판단하는 영악한 종이 되기는 싫었다. 그래서 진료할 때는 방문을 열어놓아 예수님께서 내가 진료하는 모습을 직접 보실 수 있도록 했다.

그러자 그분들은 이 조그마한 의원을 다녀간 인연으로 종합병원으로 연결되어 큰 도움을 받는 일도 많았는데, 내가 환자들을 부탁하면 그들은 마치 나를 잘 알고 있었다는 듯 두말없이 도와주었다.

결국 내가 한 일은 아무것도 없었고 문전박대(門前薄待)하지 않은 일만이 잘했다면 잘한 일이었다. 중간에 내가 완전히 빠지고 허수아비가 되어보니 그동안 보이지 않던 많은 것들이 보이기 시작했다.

은총이란 반드시 사람의 손을 거쳐 전달되는 것이며 나

는 그 과정에서 단지 징검다리 역할을 하고 있다는 것을 알게 되었다. 더욱더 놀라운 일은 계속 이어졌다.

고교 동창으로 평소에 친분이 있던 빈민 사목의 이기우 신부님과 한 번도 만난 적이 없는 다른 신부들도 지나는 길에 자주 들러 자신들의 건강문제 뿐만 아니라 다른 고충들을 털어놓기도 했다. 신부님들은 아주 가까운 사이가 아니면 평신도에게 허심탄회하게 속을 드러내지 않는 법이지만, 나는 내 방에서 일어나고 있는 일들에 대해 이미 알고 있었다.

처음에는 방의 주인이 나를 통해 이야기를 듣곤 하셨지만 이제는 직접 불러서 듣고 계신 것이다. 병원이 바쁠 때는 나는 방에 손님을 혼자 두고 진료실에서 진료를 보았는데, 그때 나는 방안에서 두 분이 함께 말씀을 나누고 있다고 생각했다. 수녀님들도 여러분이 오셔서 묵주(黙珠)나 성물(聖物) 그리고 영성 서적들을 주고 가셨는데, 나는 읽지도 않았지만 오히려 이곳에 왔던 환자나 친구들이 그것을 가져가서 읽고는 세례를 받기도 해서, 성당에도 잘 안 나가는, 내가 하는 수 없이 대부(代父)를 서야만 하는 일도 있었다. 그렇게 세례받은 사람들이 신앙생활을 열심히 해서 성당 활동에도 적극적으로 참여하는 모습이 그저 놀랍기만 하다.

당시에 더욱 몸 둘 바를 몰랐던 사건은 나와 함께 빈민 사목을 하던 영원한 도움의 성모수녀회 박 에우오디아 수녀님의 주선으로 수녀원에서 수련받던 수련생들이 수련장 수녀님의 인솔 아래 우리 병원(의원)을 해마다 방문하게 된 것이다. 그것도 수녀회에서 봉사하는 시설들을 돌아보는 맨 마지막 코스로, 강남성모병원을 거쳐 우리병원을 방문하여 내 이야기를 듣고 같이 식사를 나누었다. 물론 이것 또한 주인을 보고 하는 일임에 틀림 없지만 이번에는 주인이 원망스러웠다. 왜냐하면 나는 말주변도 없고 정말로 아무것도 한 일이 없기 때문이다. 나는 늘 그들과 함께 저녁을 먹으며 대화를 나눴지만, 며칠 후 수녀님이 될 예쁜 수련생들이 나를 에워싸고 성가를 부르며 축복해 주셨다. 이럴 때 늘 도와주던 한 원장이라도 곁에 있으면 조금 덜 쑥스러웠겠지만 그 친구도 난감한지 오지 않았다.

이런 황망한 방문은, 비록 내가 원하지는 않았지만, 수

년간 계속되어 아마 나를 기억하는 수녀님들도 적지 않을 것이다.

예수님을 주인으로 모신다는 것은 생각보다는 단순한 일인지도 모른다. 오히려 그분의 뜻을 우리 생각대로 판단하고 헤아려서 우리가 대신하려고 할 때 혼란스러워지는 것이다. 어디에서나 그분이 계실 자리를 마련해놓고, 우리가 하는 일을 보여드리고, 우직한 종노릇을 할 수 있다면 그분도 우리에게 많은 것을 보여주시고 깨닫게 하시며 또한 부탁도 하실 것이다. 내가 모신 예수님은 한없이 너그러우신 분이며 말없이 바라만 보고 있어도 가슴이 뭉클해지는 분이셨다.

그러나 믿음도 한순간일 뿐이고 붙잡으려고 하면 늘 멀어진다. 나자로 마을에서 내가 늘 예수님을 찾는 것을 아시는 수녀님 한 분이 "선생님, 할아버지 한 분이 천사를 봤다고 말씀하세요. 오실 때 한번 만나시죠."라고 했다. 얼마 후 진료를 나갔다가 그 할아버지 방에 가보니 자주 진료해 드리던 분이었다. 나병으로 두 다리를 절단한 분인데, 백발에 곱게 늙으신 모습으로 어떻게 올라갔는지 책상 위에 올라가 창밖을 응시하고 있었다. 마치 천사를 기다리듯. "할아버지, 천사를 보셨어요?" 그분은 한참 나를 보시더니,

"천사? 없어. 그런 건 눈에 보이는 게 아니야."

우문에 현답이다. 끊임없이 내 안에서 사랑을 구하시는 예수님을 외면하고 무슨 천사가 대수인가. 항상 진료봉사를 함께 하던 한상균 원장도 곁에서 한마디 거든다.

"그것 봐 노망난 할아버지야."

얼마 후 성나자로 마을 원장이신 이경재 신부님이 선종하셨다. 온 마을이 떠들썩하고 방마다 고상 곁에 신부님 영정이 걸리던 날, 나는 쓸쓸히 성당에 들러 예수님께 인사드리고 6년간 봉사했던 마을을 떠났다.

나는 지난 수년간, 이렇게 많은 것을 보여주셨던, 예수님을 잊은 채 살아왔다. 방에 들어가며 인사 한 번 드리고 말씀을 듣는 것이 그렇게도 어려운 일이었는지 다시 생각해본다.

"예수님, 제가 살아오는 동안 당신을 주인으로 모셨던 때가 아무 걱정 없이 편안했던 시절이었습니다. 그리고 제가 죽는 순간까지 나자로 마을에서 뵈었던 당신의 모습을 잊지 못할 것입니다."

연변 아주머니

올겨울은 유난히도 추웠다.

평생을 속내의 한번 입어본 일이 없지만 오십대 중반에
들어서니 추위가 무엇인지 실감이 난다. 하루 종일 진료실
에서 감기 환자들과 씨름하다 보면 의사도 지치고 짜증이
날 수밖에 없다. 그렇지만 칼바람을 맞으며 찾아온 환자들
을 생각하면 속내를 보이지 않고 안간힘을 다할 수밖에 없
다. 바쁠 때는 기다리는 환자들 때문에 30분 만에 국밥 한
그릇으로 점심을 먹고 커피 한 잔 마실 틈도 없이 바로 진
료실로 가기가 일쑤다. 한마디로 말해 6시 30분 마지막 환
자를 기다리며 하루를 보내는 것이 개업의의 일상이다.

이렇게 다람쥐 쳇바퀴 돌아가듯 낙이 없는 세월을 보내

는 나지만 이번 주에는 기다려지는 일이 있다. 용현 형, 대현 형, 특별히 오랜만에 만나는 사촌 형들과의 저녁 약속이다. 형들과의 만남이 무엇이 그리 좋으냐 하면 우리가 생물학적으로 유전자를 공유하기 때문도 아니고 한솥밥을 먹었기 때문도 아니다. 우리는 고집불통 할아버지에게 그저 순종하며 눈물이 많으시던 할머니 그리고 어릴 적 살던 장교동 시절을 공유하고 추억하기 때문이다.

그 모임에서 나는 어깨가 무거운 오십 대 가장도 아니고 의사들 사이에서 어느새 노짱 취급을 받는 사람도 아닌 그저 막내일 뿐이다. 이건 정말 신나는 일이다. 얼마 전에 사촌형이 나를 보고 "요만하던 광현이가 벌써 쉰 다섯이야? 요만했던 꼬마였는데…"라며 너털웃음을 웃었다. 내가 코흘리개 시절 형 집에 가면 대학생이던 형은 나를 목마 태우고 집안을 돌아다녔는데, 형의 키가 장대만 해서 내 머리가 천장에 닿을 지경이었다. 그러던 형도 어느덧 초로의 신사가 되어있었다.

잠깐 옛 생각에 잠기고 있는데 벌써 대기실에는 환자로 붐빈다. 정신이 버쩍 들어 "환자분 불러." 말이 떨어지기 무섭게 간호사가 "이○○ 님…."

사십 대 후반의 마르고 병색이 심한 아주머니가 들어왔다. 컴퓨터에는 주민등록번호가 기록되어 있지 않았고 발목까지 올라오는 부츠와 촌스런 차림새로 보아 중국에서 오신 분 같아 보였다.

"감기가 오래 되었는데요. 열이 자꾸 오르고 숨이 차서리…."라며 가쁜 숨을 몰아쉬었다. 미열이 있었고 청진을 해보니 숨소리가 거칠고 가래가 많이 끓는 것이 폐렴이 의심되었다. 인근 방사선과에 흉부X-선 사진을 의뢰하려다가, 의료보험이 없는 아주머니라 돈이 없을 것 같았다.

"아주머니 돈이 얼마나 있으세요?"

"오만 원 있습니다."

그 정도면 충분하다 싶어 그대로 보내고 다른 환자들 진료를 계속했다. 한 시간쯤 지나 찍어온 사진을 보니 좌측 폐에 폐렴과 기관지 확장증 소견이 보였다. 며칠 동안 식사도 제대로 못했기 때문에 포도당 주사와 항생제를 투여하고 며칠 치 약을 처방했다.

"아주머니, 상태가 심해요. 가래를 뱉어내고 잘 먹고 푹

쉬셔야 합니다. 내일부터 신정연휴이니 약 드시고 나오세요."라고 당부를 했으나 예감이 좋지 않았다.

연휴가 끝나고 그 아주머니가 다시 찾아왔다. 이번에는 더 상태가 나빠져 몸을 못 가눌 정도로 영양실조가 심했고 숨이 가빠 눕지도 못했다. 다시 사진을 찍어보니 악화되어 좌측 폐에 물까지 찼다. 사연을 들어보니 인근의 횟집에서 일용직으로 일하는 분으로 연말이라 바빠서 쉬지도 못하고 무리하여 상태가 악화되었고, 연휴 동안에는 먹지도 못했다는 것이다.

가쁜 숨을 몰아쉬는 아주머니를 주사실로 옮긴 후, 점심시간이라 방에서 자장면을 시켜먹으며 전화를 하기 시작했다. 빈민의료 일을 하던 시절에 이런 부탁을 하는 것이 정말 싫었다. 과거에 외국인노동자 사목을 하시는 정 수녀님의 부탁으로 외국인 한 분에게 무릎 인공관절수술을 받게 해주고 병원장이던 친구 한 원장의 묵인 아래 야밤에 도주를 시킨 일도 있었다. 그래서 이놈의 의사 복덕방 일은 다시는 하지 않으리라고 마음먹었건만 지금은 도리가 없는 일이다. 주사실에 있는 이 연변 아주머니를 엄동설한 길거리로 내친다면 아마도 돌아가실 것이다. 그것은 인두겁을 쓰고 할 일이 아니다. 아니 하늘나라의 법으로는 살인죄일지도 모른다.

우선 가장 믿는 성바오로병원에 전화를 했다. 이 병원은 모교의 부속병원이고 동대문구 이비인후과의사회와 특별히 유대관계가 좋은 협력병원으로 빈민 환자들이 여러 번 도움을 받은 적이 있었다. 그러나 예상과 달리 사회사업과 담당자는 "지금은 예산이 없어서요. 제가 알기로는 여의도 성모병원에는 조금 예산이 남아있는 것으로 알구요. 그보다는 국립의료원에는 아주 국가예산이 책정되어 있으니 그쪽으로 연락해 보세요."라고 한다. 그가 상세히 설명했으나 섭섭했다. 그렇지만 한두 번 해보는 일인가. 언제 단번에 되었던 일이 있었느냐 말이다.

그 순간 과거의 일들이 머리를 스쳤다. 언제나 지나고 나서야 깨달았지만 이번에는 하시는 일을 유심히 지켜보자. 사람을 통해 은총을 전달하시는 줄은 알지만, 나처럼 이기적이고 인색한 사람을 끼워 넣으시는 것은 이해가 가지 않는다. 만일 내 책임이라고 하신다면 바오로병원에 얼마간 돈을 내고 젠틀한 선배인 병원장에게 부탁해 보거나 지난번에 환자가 도주했던 의정부 신천병원에, 염치는 없지만, 다시 한번 부탁해 볼 참이다. 그렇지만 늘 죄스러운 마음은 어쩔 수가 없다. 만일 나의 여동생이 저런 입장이라면 내가 그렇게 했겠는가? 보험이 없어 치료비가 몇 백만 원은 나오겠지만 그 돈이 없다고 내가 어떻게 될 일도 아니고 또 이런 일이 내가 사는 동안 몇 번이나 있겠는가.

그러나 내가 그동안 경험했던 그분의 뜻은 항상 최선이었다. 예수님께서는 나에게 희생을 요구하지 않았으며 당신의 귀한 자녀들을 어떻게 보살피는지 보여주셨다. 그때마다 나는 최선의 길이 아니면 차라리 안하는 것이 좋겠다는 생각을 했다. 이런 생각이 들자 나는 느긋해졌다.

다음으로 국립의료원 사회사업과에 전화를 했다.

"그분이 국내에 거주하신 지 얼마나 돼요? 불법체류자인 것 같은데 그럴 경우 출입국사무소에서 입국 증명을 해오셔야 하는데 보호자가 가시는 것이 좋을 겁니다. 강제출국 당하실 수도 있어요. 그리고 반드시 보호자가 오셔야 하는데 오실 때 그동안 국내에서 일하셨다는 증명과 그곳의 사업자등록증도 있어야 합니다."라는 담당자의 말을 일일이 받아 적기도 힘들 정도다. 그러는 사이에 환자는 숨이 넘어갈 지경이다.

"잘 알겠습니다. 연락드리겠습니다."

여기도 아니다 싶어 전화를 끊고 주사실에 들어가 보니 아주머니는 숨이 차서 벽에 기댄 채 앉아있었다. 연락할 친지가 있느냐고 물었더니 해산한 지 얼마 안 되는 조카가 있는데 오기 힘들 것이라는 대답이었다. 조카에게 전화하는 모습을 바라보다가 내 진료실로 돌아와서 마지막으로 여의도성모병원에 전화를 걸었다. 이번에도 안 되면 내가 알아서 할 수밖에 없었지만, 걱정은 되지 않았다. 다만 어떻게 해결을 하실지가 궁금했다.

그래서 여의도성모병원 사회사업과 담당자에게는 요점만을 이야기했다.

"불법체류자 연변교포 아주머니라 주민증도 입국증명도 없어요. 상태가 안 좋고 폐농양이 의심되어 수술이 필요할 수도 있습니다. 그리고 저는 이비인후과 의사인데 거기서 근무한 적도 있습니다."

그러자 상냥한 목소리의 여직원은 "저희는 그런 증명은 필요 없어요. 그런데 수술을 할 만큼 위중한 상태인가요?"

"일단 전신상태가 안 좋아 약물치료를 해야겠지만 폐에서 물을 빼는 간단한 처치가 필요할 수도 있습니다. 그리고 당장 입원해야 될 것 같아요."

나는 평소에 모교인 성모병원을 이념은 있지만 실천이 없는 병원이라고 비난해왔다. 그러나 이념이란 것, 다시 말해 눈앞에 있는 아픈 사람의 실체를 아무런 증명이나 주민등록증 번호 없이 그대로 인정하는 것도 중요하다는 사실을 깨달았다.

"일단 보내시죠."

누구나 자기가 모든 일을 책임지는 것은 아니다. 하지만 도우려고 하는 마음이 이어지다 보면 기적이 이루어지는 것이다. 나는 아주머니를 제일 좋은 곳으로 보내시는구나 생각했다. 이젠 굳히기에 들어갈 차례다. 주말마다 산책과 영화 감상을 함께하는 용현 형에게 전화를 했다.

"형, 이만저만해서 환자를 보냈는데 형이 사회사업과에

수고한다고 전화해 주고 부탁도 좀 해줘."

의대 교수로 있는 형은 자기 일처럼 기뻐했다.

"알았어. 전화하고 연락할게."

일은 이렇게 해결되었다.

"택시 타고 바로 여의도로 가세요. 잘 부탁했어요. 그리고 차비는 있어요?"

"오만 원 있습니다."

만날 오만 원이란다. 그도 그럴 것이 횟집에서 일당이 육만 원이었다니 만 원은 밥 사 먹고 주머니에는 그 정도밖에 남아있지 않을 것이다. 그 아주머니는 반신반의한 표정으로 연신 기침을 해대며 병원을 떠났다. 나는 사회사업과의 그 여직원에게 아주머니가 도착한 것을 확인하고, 그 후에도 궁금했지만, 며칠이 지나서야 전화를 했다. 아주머니는 여전히 힘들게 숨을 몰아쉬며 "오늘 오후에 수술할 것 같습니다. 세상에 이런 나라가 어데 있습니까?"라고 했다. 이런 나라에서 이런 일이 있는 것이 나도 신기할 따름인데 이런 나라라니….

이 아주머니는 돈을 벌려고 이곳에 왔다가 병만 얻어 하마터면 죽을 뻔했던 사람이다. 다음에 만날 기회가 있다면, 삶이란 결과나 풍요로움보다 그 과정이 중요하다는 말을 해주고 싶었다. 하지만 이것도 배부른 사람만이 할 수 있는 생각일지도 모른다.

며칠 후 나는 형들과 기다리던 저녁 모임을 했다. 사촌형도 연신 너털웃음을 터트리며 옛날이야기로 꽃을 피웠다. 오랜만에 만났건만 형은 그대로였다. 어디에서 왔다가 어디로 가는지도 모르는 삶이란 일장춘몽일 뿐인데 어찌 이다지도 소원했던가. 주위에 대한 사랑도 관심도 없는 나의 삶이 행복했겠는가. 그것은 마치 둥지에 알을 품고 앉아 매서운 눈으로 허공을 노려보는 독수리와 같은 삶이었다.

연변 아주머니는 성모병원에 입원한 지 3주 후에 나를 찾아왔다. 손에는 두유 한 상자와 곶감을 들고.

"수술을 하려다가 그냥 가래를 뱉고 주사 맞고 약 먹고 좋아져서 어제 퇴원했습니다. 감사합니다."

"제가 한 일이 아닙니다."

사실 과일이라도 사 들고 한번 찾아가려 했지만 한 일도 없고 염치가 없어 가지 못했다.

"잘해 주던가요?"

아주머니를 다시 보니 눈에 총기가 돌았고 얼굴에는 화장기까지 있었다.

"그분들 정성으로 살았습니다. 퇴원하는 날, 제가 벌 수 있다며 사양하는데도 주게 돼있다며 돈까지 주던데요."

아주머니를 보내고 가져온 떫은 곳감 하나를 입에 넣었다. 왜 이렇게 가슴이 먹먹할까.

어느 날 저녁, 텅 빈 성당 뒷자리에서 십자가를 바라보며 앉아있어야겠다.

친구

오래전부터 글에 담고 싶던 친구다.

사연이 많아 머뭇거렸는지, 아니면 여태 그를 잘 이해하지 못해서인지도 모른다. 그리고 그가 쓰러지고 나서야 어렴풋이 친구의 모습을 볼 수 있었다. 언젠가 그가 물었다.

"저도 영세(領洗) 받고 싶은데, 할 수 있을까요?"

"그대로 사세요. 보기 좋습니다."

나는 그를 그렇게 바라보고 있었다.

그를 만난 것은 어언 이십 년 전쯤이다.

당시 나이가 사십을 바라보는지라, 건강이 염려스러워, 집근처 체육관을 찾았다. 자주 가던 여의슈퍼 위층에 있는 작은 헬스장이었는데 그는 슈퍼에서 직원(점장)으로 일했다. 헬스에서 우연히 만난 그는 작은 키에 배가 불쑥 나오고, 짧은 머리, 부리부리한 눈을 가진 약간 무서운 인상이었다. 그래도 어디선가 본 듯한, 정이 가는 모습이었다.

나는 원래 운동이라면 별 취미가 없는지라 한 달에 두세 번 가는 정도였다. 그래서 같이 할 친구를 찾던 차에, 점장을 설득했다.

"그 배를 해가지고 제 명대로 못 삽니다."

무뚝뚝하고 말이 없던 사람이 어느 날 운동화를 사오더니 말없이 러닝머신에서 뛰고 있었는데 체구와는 다르게 잘 뛰었다. 나도 악착같이 뛰어보지만, 도저히 그를 따라잡기가 어려웠다. 20분, 30분 시간을 늘려가다가 1시간을 뛴 것이 최고 기록이나 며칠 동안 삭신이 쑤셔 움직이기조차 힘들었다. 그는 낮에 힘든 일과를 끝내고도 하루도 빠짐없이 그 자리에서 뛰었다. 나를 보면 "오셨어요." 한마디를 던지고는 거친 숨을 몰아쉬며 계속 뛰었다. 불과 몇 달 후, 점장의 몸은 몰라보게 달라져 입던 바지가 헐렁해졌다.

그러나 나는 워낙 게으른지라, 뛰는 걸 보고만 있자니

한심하단 생각이 들어, 벤치에 누워 역기를 들었다. 그러니 팔뚝만 굵어질 수밖에. 그래서 점장을 다시 구슬렸다. "그러다가는 무릎관절이 상합니다. 그러니 우리 이러지 말고 반신욕이나 하지요." 돈 아깝게 무슨 목욕이냐며 사양하던 점장도, 어느새 반신욕(半身浴)에 중독이 되어, 하루의 피로를 목욕탕에서 풀게 되었다.

뚝뚝하기만 하던 그가 어느 날 마음을 열고 내게 말을 건넸다.

"원장님은 꿈이 뭐예요?"

꿈이라, 정말 오랜만에 들어보는 이야기였다. 내가 대답이 없자 그가 말을 이었다.

"저는 고향에 내려가서 농사짓고 사는 게 꿈이에요."

그리고는 그가 서울에 와서 고생하며 살던 이야기가 이어졌다. 결혼 후에 살 집이 없어 부부가 떨어져 살았던 일, 검소하게 살며 가세가 기운 양가 부모님들 병수발과 처남들 뒷바라지와 두 아들을 키우며 어렵게 살아온 이야기였다. 박봉에 20년 간 점장을 하면서도 남에게 아쉬운 소리한 번 안 하는 그는 직원들 경조사에는 지방도 멀다 않고 주머니를 털어 찾아가는 사람이었다. 게다가 일요일이면, 한 달에 두 번은, 양가 부모님 산소를 찾아 벌초를 하고 − 어버이 은혜−를 부르고 온다는 것이었다. 직원들의 말에 따르면, 가끔은 새벽 세 시에 고향에 내려가 벌초를 하고 새벽길을 달려 여섯 시에 회사에 도착해서 청소를 마치고 직원들을 기다린다는 이야기였다. 이상한 것은 그것뿐이 아니다. 명절이면 점장이 집에 과일을 보내기에 나도 슈퍼에서 고기를 사서 점장에게 전해 주라고 부탁하고 오면 점장은 그 고기를 매장에 다시 풀어놓고 가져가지 않았다고 한다.

점장은 정년(停年)이 되었지만 회사에서도 그에게 퇴직을 이야기하는 사람은 없었다. 새벽시장 일까지 일인이역(一人二役)을 하는 그가 그만두기를 바라는 사람은 아무도 없었지만, 그가 스스로 그만둬야 된다는 말을 했을 때는 내가 말렸다.

"좀 평범하게 살아요. 벌어놓은 돈도 없는 사람이. 아이들도 아직 자립을 못했는데 어쩌려구요. 농사는 무슨…. 쫓아내지도 않는데 그만두는 사람이 어디 있어요?"

내 말에 다시 주저앉아 회사에 다니는 그런 사람이다.

어느 날 점장을 따라 그의 고향을 가보니, 촌구석이지만 정감이 가는 곳이었다. 언젠가 내가 와본 곳 같기도 하며 한없이 편안해지는 느낌이었다. 서산 시내를 벗어나 팔봉산(八峯山) 방면으로 가다 보면 제법 큰 저수지가 나오는데 계속 좁은 시골길을 달리다 보면 팔봉산이 감싸고 있는 고즈넉한 시골 마을이 나온다. 여기가 그의 고향인 팔봉면(八峯面) 금학리(金鶴里)이다. 이곳에는 단풍나무, 감나무, 대추나무가 많고 가을이면 백 살은 되어 보이는 거대한 감나무에 까치가 앉아 감을 쪼아대는 모습은 한 폭의 그림같이 아름다웠다.

점장의 말속에 숨어있는 뜻을 알 것 같았다. 그는 내가 경험하지 못한 세계를 보여준 것이니 그를 만난 인연으로 나는 두 번의 인생을 사는 것과 마찬가지이다.

그런데 우리의 인연은 우연이 아니었다. 점장이 살던 마을 길 건너편에 더욱 한적한 마을이 있는데, 길가에는 공소(가톨릭에서 주임신부가 상주하지 않는 교우들의 모임 장소)라는 팻말이 눈에 띄었다. 분명히 박해 시절에 숨어서 가난하게 살던 교우촌(敎友村)이 있던 곳이리라.

"저기는 우리 마을보다도 훨씬 가난했어요. 그래도 깬 사람들이 많았어요. 그래서 신부님, 수녀님들이 많이 나왔 어요. 생각해 보세요. 결혼도 않고 산다는 결심을 하기가 어디 쉬운 일인가요?"라고 그가 말해 주었다.

그때만 해도 나는 그저 이런 곳에도 교우촌이 있었구나 하고 생각할 뿐이었다. 얼마 후 나는 그를 졸라 그곳에서 멀지 않은 바다가 보이는 언덕 위에 손바닥만한 땅을 사고 감나무, 토종 자목련, 산유화, 매실나무를 옮겨 심었다. 이 제는 내게도 고향이 생긴 것이다. 그러던 어느 날 나는 할 아버지의 자서전을 읽다가 크게 놀라지 않을 수 없었다. 자서전의 서두는 이렇게 시작하고 있었다.

조원환(曺元煥)은 1892년 6월 24일 충남 서산군 팔봉면 금학리(당시 동명은 소기리)에서 아버지 조병학(曺秉學) 요셉 과 어머니 유정헌(柳貞憲) 발바라 사이에서 장남으로 출생 했다. 세례명은 세례자 요한이다. 당시의 소기리는 호표(虎 豹)가 출몰(出沒)하는 심산궁촌(深山窮村)이었으나 천주교

박해 시절부터 신자들이 이곳에 피신하여 모여 살았던 곳이다. 이 교우촌에 사는 교우들은 오랫동안 박해에 시달렸기 때문에 생활은 어려웠지만 신교(信敎)의 자유를 얻어 평화로운 생활을 하고 있었다.

조상들의 인연은 이렇게 이어지는 것인가. 어려웠던 시절 밥술이나 나누어 먹으며 지냈을 조상을 생각하니 그가 형제처럼 느껴졌다. 매일 저녁을 먹고 그를 찾아가 탕에서 나누는 대화가 하루의 피로를 풀 뿐만 아니라 일생 동안 몸에 쌓인 찌꺼기를 말끔히 씻어내는 느낌이었다.

내가 슈퍼에 가면, 그는 창고에서 음료수 박스를 정리하거나 좁은 사무실에서 장부에 뭔가를 적고 있었다. 조그만 돋보기를 쓰고. 어쩌다 손님이 찾으면 바로 뛰어나가 아주머니들의 깐깐한 잔소리를 불평 없이 들었다. 온종일 사람한테 시달리는 처지는 그나 나나 매한가지지만, 나는 피곤할 때 환자들이 자꾸 같은 말을 하면, 대답이 없거나 째려보는 일도 다반사다. 사람에게 시달리는 것보다 지치는 일은 없다. 언제나 친절한 그를 보면서 나를 돌아보게 되었지만 달라진 것은 없었다. 아마도 그는 전생에 선비(士)였을 것이다. 그는 내가 하는 일을 부러워했지만 정작 나는 그가 부러웠다.

이렇게 매일 함께 지내는 것이 우스꽝스러운지 아내는 "꺼꾸리와 장다리. 여의도에 소문이 파다하대. 이젠 커밍아웃 하시지."라고 한마디 했다.

그는 내가 제일 좋아하고 유일하게 존경하는 사람이었다. 그와 함께 할 때면 늘 편안했다. 그를 보면서 살아가는 데 많은 것이 필요 없다는 걸 생각했다. 거추장스러운 체면, 잘난 체, 꾸밈…. 많은 것들을 씻어버렸다.

그 후 내가 강남으로 이사하면서 소원해졌지만, 오며가며 슈퍼를 찾았고 그도 가끔 내게 들렀다. 병원에 와서도 그는 시간을 뺏는 것이 미안했는지 오기가 무섭게 돌아가곤 했다.

그런 그가 쓰러졌다.

일 년 전의 일이다. 출근길 차 속에서 핸드폰이 울렸다.

"원장님. 저 두현인데요."

그의 작은아들이었다.

"두현아, 웬일이야?"

"저… 아버지가 아침에 회사에서 갑자기 쓰러지셔서 근처 여의도성모병원 응급실로 모셨는데, 뇌출혈이래요. 부위가 위험해서 수술도 못하신데요."

두현이의 목소리는 침착했다.

"뭐야. 이런… 내가 당장 알아보고 전화해줄게."

자동차 속에서 한 달 전 그가 우리 병원에 들렀을 때의 모습이 떠올랐다.

내가 바쁜 것을 보고 평소처럼 부리나케 가려는 그를 붙잡았다.

"점장님, 혈압 좀 재고 가시죠."

그는 혈압이 높았지만 평소에 약을 잘 먹지 않았다. 150/100.

"약 드셔야 해요. 이제 나이도 있고 큰일 납니다."라는 내 말에 무슨 말을 더 할 듯하다가 "밤낮 그런 걸요. 뭘… 요즘 좀 바빠서 그래요."라고 했다.

약국에서 약을 타다가 쥐어 주며 꼭 드시라고 당부했었다. 쓰러지기 직전에 집에 전화를 걸어, 어눌한 말투로, 어지러우니 식탁에 있는 혈압약을 가져오라 말하고는 의식을 잃었다 한다. 나중에 알게 되었지만, 그가 회사를 그만 두게 되면서 인수인계를 위해 새벽부터 창고정리를 하다가 과로로 쓰러진 것이다. 지난번 병원에 와서 무언가 말하려고 했던 것도 그 이야기였던 것 같았다.

그날 저녁, 그는 신경외과 중환자실에서 사경을 헤매고 있었다. 인공호흡기로 숨을 이어가며 가끔 경련을 일으키고 있는 모습만이 그가 살아있음을 느끼게 할 뿐이었다.

사람이란 자기중심에서 상대를 바라보기 마련이다. 내가 사경을 헤매는 친구 곁에서 눈시울을 붉히는 것은, 현재의 나에 대한 안도감과 미래에 나도 받아들여야 할 일이라는 생각 때문이리라. 법 없이도 살 사람한테 왜 이런 일이… 이런 진부한 생각은 하지 않는다. 가족이나 본인도 저렇듯 고집스레 몸도 돌보지 않고 가족을 위해 일만 하며 살아온 삶에 대해 미련하다고 생각하고 후회할지도 모른다. 주위의 직원들도 점장에게 쉼표가 없으면 마침표가 빨리 온다고 충고했었다. 그러나 그가 회사를 그만 둔 것은, 직원들의 말로는, 자신이 그만두어야 회사가 발전한다고 입버릇처럼 말해왔다는 것이다. 점장의 생각은 모든 사람에게 적용되는 진리이다. 그러나 나를 포함해서 그만두는 사람은 없다.

그렇지만 내가 아는 것은, 그는 다시 태어난다 해도 같은 삶을 살았을 것이라는 것이다. 마치 여러 번의 삶을 경험했던 사람 같았다. 무언가에 집착하는 삶도 아니었고 세상을 향해 외치며 투쟁하지도 않았다. 주어진 대로 드러나지 않게 조용히 살아왔다. 모두 해보았으나 부질없다고 생각하는 것처럼.

점장은 의사들의 예상과는 달리 한 달 만에 의식을 찾고 소생했다. 가깝게 지내면서도 잘 몰랐지만, 그는 의지와 책임감이 강한 사람이었다. 일 년이 지난 지금 그는 오른쪽 팔과 다리를 움직이기 시작했고 어눌하지만 의사표현도 가능해졌다. 꾸준히 재활하면 조금 더 좋아질지도 모른다. 뇌교(腦橋) 출혈 후, 사지마비가 이만큼 회복된 것은 기적에 가까운 일이다.

갑자기 그가 보고 싶어졌다. 그가 저렇게 되고 나니 내게도 쉼터가 사라졌다. 어느 토요일 오후 그가 입원한 재

활병원을 찾았다. 미리 연락하면 그는 오지 말라며 극구 사양하기 때문이다. 추운데 오는 것도 미안하지만 나중에 자신이 회복된 모습을 보여주고 싶다는 것이다.

느닷없이 병실에 들어서니 그는 창가 쪽 침상에 누워있었다. 언제나 그의 착한 부인과 함께. 성실한 가장은 언제나 존경과 사랑을 받는다. 두 아들도 아내도 모두 한결같다. 그러나 자신의 고통과 외로움을 대신할 수는 없다. 이 순간 친구의 예고 없는 방문은 그를 미소 짓게 했다.

"점장님. 살이 많이 찌셨네."

한동안 그의 손을 잡은 채 부인과 이야기를 나누었다.

"잠시도 내가 없으면 불안해하고 찾아요. 이런 모습을 인정하기 싫어서 사람도 안 만나고 밖에도 안 나가려고 해요. 이렇게 살면 뭐하겠냐고…."

나는 한동안 앉아 있다가 "더 좋아지면 같이 목욕탕에 가요. 또 올게요." 자리에서 일어서자 그가 큰소리로 울기 시작했다. 뇌를 다쳐서 감정조절이 쉽지 않은 탓이지만 무뚝뚝한 인상과는 달리 정이 많은 사람이었다.

엘리베이터 앞까지 마중 나온 부인에게 말을 건넸다.

"많이 힘드시죠. 저럴수록 휠체어로 산책도 하고 사람도 만나면 좋을 텐데요. 들어가세요."

항상 남에게 충고하기는 쉽다. 그러나 만일 내가 점장의 처지였다면 산속에 들어가 숨어버렸을지도 모른다.

고향에 내려가 농사를 지으며 살겠다던 소박한 꿈마저도 그에게는 사치였던가.

병원 문을 나서며 나는 버릇처럼 팔목에 찬 묵주(黙珠)를 손에 잡았다. 알 수 없는 원망과 착잡한 마음을 품은 채, 뜻 모를 기도만 중얼거리고 있었다.

"천주의 성모마리아님, 이제와 저희 죽을 때에 저희 죄인을 위하여 빌어주소서."

이사 가던 날

이십 년간 일하던 오래된 병원 건물이 갑작스레 재건축한다고 해서 수소문 끝에 인근으로 병원을 이전하게 되었다. 근무하던 병원은 수십 년 된 건물이라 낡기도 했지만, 그동안 인테리어도 제대로 못 했다. 이번 기회에 좀더 조용하고 깨끗한 곳으로 옮겨서 싫지는 않았으나 한편으로는 긴 세월 동안 변변한 병원 건물 하나 장만하지 못한 내가 한심하고 처량하게 느껴졌다. 그래서 편치 않은 마음인데다가 이사라는 게 번거롭다는 생각마저 들게 했다.

한 곳에서 창문 너머로 같은 모습만을 바라보며 새장에 갇힌 새처럼 살아온 세월이었다. 그동안 인근의 도로와 건물들은 모습이 많이 변했지만, 나와 같이 한자리에서 함께

늙어간 병원 앞 튀김가게 노점상 아저씨는 나와 비슷한 처지였던지라 나와 멀어지는 것을 몹시 서운해했다. 그래야 불과 200여 미터 떨어진 곳으로 이사 가는 데도 그동안 형제처럼 지내왔던 사이라 그 부부는 매일같이 오가며 볼 수 없음을 안타까워하는 것이었다.

아마도 이것이 나이 먹는 것이라는 생각이 들었다. 새로운 만남보다는 오랜 친구와의 작별이 못내 아쉬운 것이다. 그 부부는 추운 겨울에도 꽁꽁 얼어붙은 손을 녹여가며 튀김과 어묵을 팔아왔다. 항상 그곳에는 손님이 끊이지 않고 줄을 이었는데 아저씨는 늘 웃는 낯으로 "행복하세요."라며 손님들에게 덕담을 건네곤 했다. 어쩌다 몸이 아파 병원에 올라와서도 추운 날씨에 차도 한잔하지 않고 언 손을 비벼가며 부리나케 병원 문을 나서던 그였다. 퇴근길에 인사를 건네면 언제나 내 손을 잡아끌며 따끈한 오뎅 국물에 튀김을 권하곤 했다. 이렇듯 정이 들었던 사이라 서운한 마음은 내게도 마찬가지였다.

이런 아쉬움을 느낄 겨를도 없이 막상 이사 가는 날이 다가오자 차트와 의료장비 등 옮기는 일이 예상 밖으로 만

만치 않은 일임을 알게 되었다. 10여 년간 보관했던 차트의 양도 어마어마했지만 20년 동안 쌓인 책과 장비들도 큰 일이었다. 읽지 않는 책과 낡은 장비들은 모두 버리고 가구들도 새로 장만하는 등 이사 가던 날은 정신이 멍할 지경이었다.

부랴부랴 짐을 정리하고 장비들을 세팅하여 이틀 만에 진료할 준비를 끝내고 나니 후련하였다. 깔끔하게 단장한 병원도 마음에 들었지만, 왠지 마음 한구석이 몹시 허탈했다.

그런데 병원을 이전하고 첫 진료를 시작하던 지난 월요일은 어떻게 알았는지 지인들이 보내준 수십 개의 난(蘭) 화분으로 좁은 병원 안이 가득 찼다. 내 장례식에 어쩌면 화환 하나 안 들어올 것이라고 여겨왔는데 그렇지만은 않을 것이라는 사실도 그리 달갑지는 않았다.

지난 세월은 멈추면 쓰러질 것 같은 강박관념 속에 쉬지 않고 달려온 시간이었다. 그렇게 교육받고, 경쟁 속에서 성장했으며, 그래야 성공하고 행복해진다는 막연한 교육 아니 세뇌를 받고 살았으니 나를 돌아보고 진정으로 행복한 삶이 무엇인가 생각해 볼 겨를이 없었다. 그러던 어느 날 거울에 비친 나이 들고 지친 내 모습에 허탈하였던 것이다.

그런데 행복해지기 위해서는 무엇이 필요한 것이 아니라 행복을 느끼지 못하도록 막는 요소를 제거하면 되는 일이었다. 만일 행복하기 위해서 돈이나 지식 아니면 젊음이 필요하다고 생각한다면 그는 그런 것들에 계속해서 집착하게 될 것이고 결국에는 불행하다고 느끼게 될 것이다. 본래 인간은 행복하게 살아가도록 창조되었기에 마음속 찌꺼기를 걷어내면 자유를 찾을 수 있고 당연히 행복해질 수밖에 없다. 마치 구름이 걷히면 밝은 햇살이 비추는 것과도 같은 이치일 것이다.

이사 온 병원에서 첫 진료를 마치고 퇴근하던 저녁 무렵에 나는 김수환 추기경님께서 돌아가셨다는 소식을 접했다. 나는 그분을 사석에서 몇 차례 뵌 적이 있었는데 그분은 나이가 드실수록 보기가 좋은 그런 분이셨다.

나는 원래 반골 기질이 있는 사람이라 추기경이라는 지위를 별로 존경하지 않았으나 실제로 뵙고 나니 생각과는 달리 그분은 매우 겸손하셨고 당신이 추기경이라는 중압감 속에서도 자유와 행복한 삶을 위해 노력하신 분이라는 느낌을 받았다. 누구라도 같이 사진을 찍자고 하면 웃으며 응해주셨고 모임이 끝나고 집안 어른께서 저녁식사를 같이 하시자고 청하자 "저는, 집에 가서 먹을 게요." 하시던 모습이 눈에 선하다. 끊임없는 자기성찰과 자유를 향한 노력 없이는 그분 위치에서 그렇게 하시기가 어려운 일이었을 것이다.

추기경님은 젊은 시절 독재정권에 맞서 용감하게 투쟁하셨을 때보다 마음씨 좋고 편안한 노인의 모습이 더욱 보기 좋았다. 용감한 투사의 장렬한 죽음은 우리에게 용기와 새로운 투쟁심을 고취시키지만, 살아 계실 때는 곁에 있는 지조차 느끼지 못했던 착하고 인자한 할아버지의 죽음은 돌아가신 후에 더욱 빈자리가 크다는 것을 느끼게 한다.

바로 그런 이유로 기억 속에서 멀어져 가던 추기경님의 선종(善終) 소식에 온 나라가 들끓고 있는 것이다.

아무튼 힘들고 피곤했던 시간에 추기경님을 추억하는 것은 내게는 큰 위안이자 한 줄기 빛이었다. 결국 나를 피곤하게 하고 초조하게 만든 것은 다름 아닌 내 마음속에

행복을 덮고 있는 비곗덩어리인 성공에 대한 집착과 이기적인 마음 때문이었다. 하지만 세속에서 이것을 내게 가르쳐준 이는 아무도 없었고 한 인간의 진솔한 삶이 그것을 느끼게 해준 것이다.

이사 가던 이야기를 하다가 빗나갔지만 힘든 시간 중에 깨달음과 위안을 주신 예수님께 감사를 드린다. 늘 곁에서 말씀하고 보여주시지만 보지 못하는 것이 우리이고 그나마 본다고 해도 우리는 자신에게 필요한 것만을 보고 있을 뿐이니 죄송스러울 따름이다.

이사하고 며칠 후 튀김집 아저씨를 찾아가 어묵 국물을 마시며 이야기를 나누었다.

요즈음은 장사가 잘 안 되어서 가게를 부인에게 맡기고 아저씨는 양수리에서 장어낚시로 부업을 해야겠다고 하며 껄껄 웃는데 늘 웃는 모습이 보기가 좋다. 나도 올봄에는 물새가 총총거리며 물 위를 뛰어다니고 해오라기가 버드나무 위에서 자태를 뽐내는 한 폭의 산수화 속으로 들어가 아저씨와 낚시를 할 것이다. 그리고 운이 따른다면 몸에 좋다는 장어라도 한 마리 얻어먹을지도 모른다.

하늘의 법칙

때는 IMF 시절로 많은 사람이 어려움을 겪고 있었다. 기업들이 도산하여 수많은 실업자가 쏟아져 나왔고 거리에는 노숙자들이 늘어났다.

이를 돕기 위하여 수도회에서도 수도자들이 일 년 치 휴가비를 모두 반납하며 고통에 동참하였다. 휴가비라야 얼마 안 되는 돈이었지만, 티끌 모아 태산이라 큰돈이 모였다. 일반인들에게는 그리 큰 액수가 아닐지 몰라도 청빈하게 살아가는 수사님과 수녀님들에게는 고향으로 내려가는 차비를 반납하며 모은 소중한 뜻이 담겨 있었다.

그런데 사회복지를 담당하는 수녀님들의 모임에서 이 돈의 일부를 빈민 의료비에 지원하기로 결정하여 우리가 운영하던 찬미의 집(빈민 의료봉사는 우리 모임의 명칭)에 지원을 하겠다는 연락이 왔다. 물론 같은 소속 분과위원이던 영원한 도움의 성모수녀회 박 에우오디아 수녀님을 지원하는 것이었지만, 대표로 있던 내가 분과 위원장이던 프라도회 정 수녀님을 만나 하는 일을 설명하게 되었다.

그동안 우리가 주로 했던 일들은 얼마 살지 못할 가망이 없는 가난한 환자나 변변한 가족도 없이 돌아가시는 분들의 임종과 장례를 도와드리는 일이었다. 특별히 그런 일들을 염두에 둔 것은 아니었지만 주변에 그런 분들이 많았고, 예수님의 이름으로 모든 일을 하다 보니까 사회의 도움을 받기 어려운 처지에 놓인 분들을 도울 기회가 많았을 뿐이다.

그러나 우리는 그분들에게 종교를 강요하지 않았고 그저 위에 계신 분이 주시는 것이라고 말하곤 했는데, 그렇게 하면 예수께서 당연히 그들 앞에 스스로를 드러내시리라 믿었던 것이다. 예산도 별로 없었지만, 돈이 아쉬웠던 적도 없었다. 알게 모르게 박 수녀님이 고생하셨는지도 모르나 적어도 내 기억으로는 없었다. 그렇다고 나의 희생이

컸던 것도 아니고 다른 그 누구의 큰 도움이 있었던 것도
아니었다. 우리를 드러내지 않으니 당연히 예수께서 그때
마다 당신의 능력으로 우리를 통해 도움을 주셨던 것이고
우리는 그저 전달해 주는 사람에 불과했다. 그 일들은 어
느 한 사람의 큰 희생도 없이 여러 사람의 도움으로 기적
처럼 해결되어 우리가 할 일이라고는 그저 찬미할 일 외에
는 없었다.

그래서 나는 우리의 모임의 명칭을, 장소도 집도 없었지
만 '찬미의 집'이라 정했던 것이다.

이야기가 다른 방향으로 갔지만, 그래서 박 수녀님과 나
는 정 수녀님을 방문했는데, 좀 우스운 이야기지만 오히려
돈 받는 사람이 배짱이었다.

나는 우리가 하는 일을 주관하시는 분은 예수님이고 우
리가 이 돈을 받아도 불쌍한 사람이 도움을 청한다면 생색
도 안 나는 자리에 모두 써버릴지도 모른다고 말했다. 정
수녀님(외국인 노동자 사목을 담당하는 분으로 자그마한 체구
지만 시원시원하고 남자보다도 통이 더 큰 분이었다)은 더 이상

설명도 듣지 않고 나를 보고 예수님 같은 분을 만나게 되어 기쁘다며 선뜻 허락하고는 두 수녀님이 다른 이야기를 나누고 있었다. 나는 어안이 벙벙하기도 하고 한편으로는 머쓱해져서 그곳에 있는 어항 속 붕어만 바라보다가 돌아왔다.

그리고 돌아와서는 의기양양했다. 역시 뒤에 예수님이 있으니 나를 알아보고 대우를 하는 것이다. 이 돈으로 어떤 일을 해야 그들의 기대를 충족할까, 찬미의 집을 좀 더 키워볼까…. 이미 내 마음 안에 예수님의 자리는 없었고 교만한 마음이 싹트기 시작했다.

이것이 돈의 속성일 것이다. 돈이란 대개가 생색이 나는 자리로 흘러가게 되어있으며 표도 안 나게 써지기보다는 쓸모없는 것일지라도 무언가 흔적을 남기려 하기 마련이다. 그동안은 몇 푼 안 되는 돈이었어도 예수님의 쌈지주머니라고 생각하고 아낌없이 썼지만 조금 큰돈이 생기자 머리가 복잡해지는 것이었다.

그런데 단 며칠이 안 가서, 예수께서 '찬미의 집'을 사랑하셨는지, 모든 것을 완전히 뒤집고 깨끗이 정리해 주시는 사건이 일어났다.

정 수녀님을 만나고 온 지 며칠이 지나지 않아 병원으로 전화가 왔다.

"저, 정 수녀인데요. 꼭 부탁드리고 싶은 것이 있어요. 저희 수녀회 수녀님의 남동생이 있는데 치아가 좋지 않아 틀니를 해야 한다는데 형편이 어려워 도움을 부탁드릴 게요."

너무나 간곡하고 어렵사리 부탁하시는 터라 거절할 수도 없었고 우리가 하는 일에 도움을 주신 분인데 꼭 도와야 한다고 생각했다. 아니 상대가 누구였더라도 판단하지 않고 예수님의 손님으로 받아들이는 것만이 내가 하는 유일한 일이었다.

"걱정하지 마세요. 제가 잘 아는 강 치과에 연락해서 싸게 잘해 드리라고 부탁할 것이니 그분을 제 병원에 보내주시죠. 돈도 있는데 뭘 걱정하세요."

시원시원하게 대답하니 수녀님도 몹시 기뻐하고 고마워하셨다.

나는 바로 박 수녀님께 전화로 자초지종을 설명하고 돈

을 지불해 줄 것을 부탁했다. 박 수녀님은 이런 일로 나와 의견을 달리했던 적도 없었고 그런 일에 인색한 분이 아니었는데 이번만은 의외로 강경한 입장을 보였다.

박 수녀님 말씀은 이 돈으로 어려운 사람을 돕는 것은 마땅하지만 그래도 같은 수녀의 가족을 돕는 것도 그렇고 특히 더 위중한 사람들도 많을 터인데 틀니에다 거금을 쓰는 것도 납득이 되지 않는다는 이야기였다. 사실 현실적으로 박 수녀님 말은 옳은 것이었고 간곡하게 부탁하신 정 수녀님도 잘못이 없었다. 나도 중간에서 난처한 입장에 처하게 되었지만, 그보다 두 수녀님 사이가 멀어지는 것이 더욱 걱정스러웠다. 그래서 퇴근하는 자동차 속에서 운전을 하며 박 수녀님과 장시간 통화를 했다.

"판단하는 것은 우리의 몫이 아니지 않느냐? 우리에게 보내주신 환자를 거절하면 예수님께서도 더 이상 우리에게 어려운 환자를 보내지 않으실 것이다."

내가 이런 확신도 없는 말로 수녀님을 설득했는데 다음 날 아침 수녀님은 오히려 기쁜 마음으로 생각을 바꾸고 내게 전화를 주었다.

"원장님, 우리 좋은 마음으로 해드리시지요."

길지 않은 통화였지만 수녀님 말은 내게도 다시 확신을 주었는데, 틀림없이 수녀님은 그날 저녁에 밤새도록 기도하셨을 것이다.

그 이튿날 틀니를 할 분이 병원에 왔는데, 그분은 삼십대 남자로 곱사등이(꼽추)였다. 누렇게 뜬 얼굴에는 병색이 있었고 생기라고는 전혀 없었으며 몸은 몹시 야위어 있었다.

치료받을 강 치과의 위치와 약속 시간을 알려주는데도 듣는 둥 마는 둥 삶에 대한 아무런 의욕도 없는 표정이었고 이야기를 마치자 인사도 없이 돌아가 버렸다.

그분의 모습을 보고나니 나야말로 확신이 서지 않았지만, 예수님께서 하시는 일이라 생각하기로 마음먹었다. 그리고 강 치과 원장님은 나자로 마을에서 봉사할 때부터 잘 알고 지내는 분이니 믿고 맡기면 내 할 일은 다한 셈이었다. 우여곡절 끝에 일이 마무리되고 치료비도 선불하고 나니 통장도 마음도 가벼워져서 날아갈 것만 같았다.

그 일이 마무리 되고나서 한 달쯤 지난 어느 날 강 치과

원장님으로부터 연락이 왔다.

여전히 급한 음성으로 "지난번 그 환자 분 틀니 잘 해드렸는데요." 나는 중간에 말을 끊고 "수고하셨습니다." 그러자 강 원장님은 "그런데 그분이 몸이 불편하시잖아요. 얼마 전 틀니를 해드리던 날 가는 길에 교통사고로 돌아가셨습니다. 그래서 알려드립니다. 수고하세요." 하고는 이내 전화를 끊었다.

나는 어안이 벙벙하여 방에서 십자가를 바라보며 생각했다. 예수님께서는 틀림없이 그가 죽을 것을 미리 알고 계셨음에도 그와 같은 일을 하신 것이다. 이것이 하늘의 법이며 예수님의 마음이란 말인가.

다시 난감한 마음으로 박 수녀님에게 전화를 해서 그분이 돌아가신 사실을 알렸다. 그러자 수녀님은 "정말 우리가 잘한 일 같아요. 우리가 틀니를 안 해드렸으면 돌아가실 분한테 얼마나 미안하고 한이 되었겠어요."

나는 다시 한번 놀랄 수밖에 없었고 언제나 현실적이고 이기적이었던 나를 돌아보게 되었다. 결국 세상의 법에 매어 산 사람은 바로 나 자신이었다.

사람마다 가치 있고 보람 있게 생각하는 일은 저마다 다를 것이다. 그러나 그것이 세상의 법을 따른다면 가시적인 성과를 거둘지는 모르나, 하늘의 법을 따른다면 많은 이에게 영원한 생명까지도 약속해 줄 수 있다는 생각이다. 왜냐하면 그것은 예수님께서 하시는 일이기 때문이다.

살아낸다는 것

내가 '성심의 집'에 의료봉사를 시작한 것도 벌써 5년이 훌쩍 지나갔다.

요즈음은 진료가 없어도 주말이면 수녀님들과 어르신들을 뵈러 들르곤 한다. 아무 약속도 없이 내 집처럼 드나드니 이제는 가족이나 다름없다. 사실 삶에 지친 내가 여기에 오는 일은 큰 위안이며 수녀님들과의 담소는 또 하나의 즐거움이다. 원장수녀님 말씀처럼, 태생도 살아온 과정도 가치관도 다른 우리가 나누는 대화는 티격대지만 그래도 한곳을 바라보는 마음은 같아 서로 위로를 받기도 한다.

일전에도 원장 수녀님과 설전이 이어졌다. 이곳에 모시는 어르신들 이야기를 하는 중에 수녀님께서 "…그래도 살아내시는 거죠."라는 말씀에 이해가 되지 않았다. 사실 나는 모든 것을 내려놓으면 비록 치매라 해도 평화로울 것이라는 생각이 있었다.

"살아내다니요. 그럼 수녀님은 사는 것이 괴로우세요? 불교에서 말하는 일체개고(一切皆苦) 그런 건가요?"

나는 수녀님한테 당할 줄 뻔히 알면서도 선문답은 계속되었다.

"그래도 우리는 두 가지 희망 때문에 살아갑니다."

수녀님의 말씀이 시작되었는데 불청객이 찾아와 대화는 끊어졌지만, 더 계속해봐야 결론도 안 나거니와, 수녀님을 당해낼 재주는 없는 노릇이다. 그러나 '살아낸다는 말'에 대해 곰곰이 생각하게 되었다. 노자, 장자 그리고 불교의 진리를 터득해 무아의 경지를 체험한다 해도 그 허무함은 어떻게 할 것인가. 아니면 허무함도 역시 번뇌와 집착에서 오는 것이란 말인가?

그렇지만 살아낸다는 것은 무언가 희망을 내포하는 말일 것이다. 고통에서 해방되지는 않았지만 무언가를 바라보며 견디고 살아간다는 말일 것이다. 이런 생각을 하며 어르신들을 보니 평화롭다기보다는 숙연하며 머지않아 어디에선가 우리를 내려다보고 계실 것이라는 생각이 들었다.

내가 이곳에서 봉사라고 하는 일은 고작해야 어르신들 귀청소를 해드리는 일이다. 이곳에서 아마 나는 구경꾼에 불과할 것이다.

한두 시간 머무는 동안 "반갑습니다. 언제 오셨어요."를 수없이 반복하는 어르신, 지금은 다른 시설로 가셨지만, 나만 보면 "아저씨 오셨다. 밥 차려라."던 어르신, 나를 못 알아보지만 눈을 맞추면 늘 반가운 미소를 짓는 어르신… 이들 할머님들 때문에 이곳으로 발걸음을 옮기게 된다. 그리고 머지않아 이 어르신들 한 분 한 분과 이별을 해야만 할 것이다.

수년 전 어느 일요일 아침, 췌장암으로 고생하던 할머니 한 분이 편안히 주무시는 모습으로 돌아가셨다. 임종 소식에 달려온 백발이 성성한 아들의 망연자실한 모습. 만나면 헤어지는 것이 섭리지만 그리는 정을 어찌 어리석다 하겠는가. 참고 살아내며 가슴에 품은 희망을 감히 누가 아니라 하겠는가.

그렇지만 인간은 나약하고 어리석어 후회하고 애통해할 것을 알면서도 부모 생전에는 효도에 인색한 것이다. 같은 이야기를 수도 없이 반복하시던 부모님 말씀에 짜증을 부리던 우리, 실수하셨던 부모님께 화를 내던 우리, 이제는 돌아가셨으면 하고 은근히 바라던 우리. 훗날 이 모든 회한을 가슴에 품은 채 살아내야 하는 것이 또한 우리인 것이다.

그래서 나는 이곳에 오면 수녀님들과 웃으며 일하시는 간병인들께 감사하는 마음뿐이다. 곁에서 보면 결코 아무나 할 수 있는 일이 아니라는 생각이 든다.

얼마 전 가을 아침햇살이 눈부시던 일요일이었다.

그날따라 성심의 집은 유난히 평화로웠고 햇빛이 방안 구석까지 가득했다. 그 안에서 나는 할머니들은 모두가 하늘에서 허락하신 자신의 생을 겸허히 받아들이고 계시다는 사실을 깨닫게 되었다. 그러자 방안에 가득한 햇살이 예수님의 은총으로 받아들여졌다. 그것은 마치 은총 안에서 저절로 살아지는 것처럼 느껴졌다.

　수많은 봉사자와 짜증 한 번 내지 않고 일하는 간병인들, 게다가 나같이 신앙이 없는 구경꾼까지도 이곳에 오는 것을 보면 예수께서 얼마나 이곳에 정성을 쏟으시는지를 알 수 있었다.

　끝으로 지면을 빌어 생이별의 아픔을 겪고 계신 가족분들께 위로의 말씀을 전하며, 백 세를 앞두신 노모(老母)를 시설에 모시고 애끓는 마음을 시로 옮기신 어느 어른의 시로 두서없는 글을 마무리한다.

　　아버지의 집으로
　　치매 앓는 아흔아홉 살 어머니가 아들에게 하는 말씀
　　애비 나 아버지한테 데려다줘
　　글쎄요
　　가서 내가 밥이라도 해드려야지
　　또 글쎄요
　　나 아버지 집으로 갈 거야
　　이런 때 무슨 대답을 할 수 있을까

벌써 사십 년도 지난 옛날, 의정부 공동묘지에서
부여 연화리 선산으로 아버지 면례할 때
당신 손으로 부서진 뼈 쓰다듬던 기억
까맣게 잊어버리고 어린애처럼 조른다
나 아버지 집으로 갈 거야
어머니는 당신의 때를 알고 하신 말일까
오늘에야 그 뜻 알듯 말듯 뜨거운 눈물
두 줄기 볼을 적신다

이곳 '성심의 집'에서 근무하시는 원장 수녀님, 간호사
수녀님, 복지사 수녀님 그리고 의료봉사에 동참해 주신 안
과 오세오 원장님과 모든 봉사자들께 감사의 마음을 전합
니다.

나는 누구인가?

『샘바위』에 글을 써온 지도 어느새 2년이 되었습니다. 편집장님의 부탁으로 그저 한두 번 써보려고 했는데 눈치도 없이 너무 오랫동안 횡설수설했던 것 같습니다. 다른 분들의 글에 비하면 마치 잘 차려진 양식 식탁 위에 놓인 김치찌개 같은 느낌의 글이었습니다. 더욱 황망한 것은 저에 대한 과찬의 소개말에 부끄러움도 없이 뻔뻔스럽게 붓 가는대로 써나가고 있으니 책이 개편되는 이 시점에서 끝내야 한다는 생각입니다. 그렇지만 지면이 허락된다면 그간의 두서없던 글들을 스스로 감상해보고 싶었습니다.

감성적인 글을 쓸 때, 그 사람은 자기 자신에게 집중하고 있습니다. 저 역시 글을 쓰는 동안 저 자신을 바라볼 수 있었고 잊혀져가는 과거를 회상하는 가슴 뭉클한 시간이었습니다. 그리고 제 글의 주제는 모두가 그리움이었다는 것을 깨닫게 되었습니다.

누군가 저에게 무엇 때문에 그렇게 과거에 집착하느냐고 물은 적이 있습니다. 낯가림이 심한 저는, 저도 잘 모르는 속내를 들킨 것 같아 내심 당황해서 저도 모르게 "그때는 내가 사랑하는 사람들이 모두 있었으니까요." 하며 얼버무렸지만 생각할수록 제 마음에 드는 말이었습니다.

그리워하는 마음은 사단칠정(四端七情)으로 분류하여 시비를 따질 수 없는 사람이 갖는 가장 고귀한 감정이라고 생각합니다. 개인적인 생각입니다만 내가 예수님을 만난다면 그리움을 통해 만나는 길밖에는 없다고 생각합니다. 누군가를 그리워할 때의 나는 순수하기 때문입니다.

자신의 존재를 깨닫기 위해 평생을 정진해온 스님이나 오로지 하느님께 모든 것을 의탁하고 자신을 희생한 수도자들의 삶은 백옥보다 더 영롱한 빛을 발하는 백자(白磁)에 비유할 수 있습니다. 티끌 하나 없도록 자신을 갈고 닦은 결과 아무도 범접할 수 없는 고귀한 모습으로 다시 태어난 것입니다. 그분들에 비하면 저 같은 사람은 이가 빠지고 금이 간 막사발에 비유될 것입니다.

그런데 막사발이 이해가 가지 않는 것이 있습니다. 사람들은 모두가 백자보다 더 순결한 영혼으로 태어나지만 짧은 생에서 모든 것을 잃어버리고 쓸데없는 것에만 집착하는 것일까요? 그 순수성을 지키기 위해서는 사는 동안 고독한 수행을 해야만 하는 것일까요? 그리고 자신을 찾고 죽음도 초월하는 경지에 이른다면 행복이 찾아올까요? 언제나 저의 화두(話頭)이던 행복 말입니다. 저는 아무리 생각해도 알 수가 없군요.

수행이라 할지라도 사람은 굶으면 먹는 생각만 나고 추우면 따뜻한 집 생각이 나는 법입니다. 그리움을 참아내면 외로움이 생겨나겠지요. 꽃망울이 터지는 모습에서 우주가 열리는 신비를 체험한다 한들 무엇이 그리 행복하겠습니까. 사람(人)은 함께해야 행복한 것 아닐까요? 그러나 보고 싶어도 다시는 볼 수 없는 사람들도 있지요. 그래서 하느님은 우리에게 그리움이라는 순결한 감성과 추억이라는 아름다운 앨범을 주셨습니다. 우리는 이것을 통해 그리운 사람을 만나고 또한 순수했던 시절의 나를 만날 수 있습니다. 따라서 그리워하는 마음이 번뇌이고 슬픈 것이 아니라 추억과 함께 자신까지도 묻어버리는 것이 진정으로 슬픈 일이라 생각합니다.

그러면 나는 누구입니까? 아니 누구였습니까?

어디까지 거슬러 가야 하는지 잘 모르겠지만 저는 분명히 기억하고 있는 어린 시절의 추억이 있습니다.

저는 가톨릭 구교(舊敎) 집안에서 자랐습니다. 특히 할아버지 할머니는 어린 우리 두 형제에게 엄격한 신앙교육을 시키셔서 우리는 말을 배우면서부터 뜻도 모르는 기도문을 외워야 했습니다. 그리고 두 분은 자식 사랑이 끔찍해서 우리는 집 마당을 벗어나지 못하고 할아버지 그늘 아래에서 세상 모르고 자랄 수밖에 없었지요.

저에게는 가족과 집이 전부였습니다. 온 세상, 아니 우주였습니다. 할아버지는 어린 손자들에게 기도와 교리(敎理)지도를 하실 때는 엄격했지만 손자들을 무척 사랑하셨습니다. 집에는 교리강령(敎理綱領-그림으로 엮은 교리지도

서)이라는 책이 있었는데, 할아버지께서 젊으셨을 때부터 당신 자녀들을 가르치셨던 아주 낡은 책이었습니다. 책 속에는 하느님은 수염을 길게 기르고 있는 근엄한 모습의 할아버지였으며 죄를 지은 사람들은 죽어서 뜨거운 연옥이나 마귀들이 우글거리는 지옥불의 고통을 받고 있는 섬뜩한 그림들이 그려져 있었습니다. 할아버지의 의도와는 다를지 모르지만 저는 하느님이 무서웠습니다. 따라서 그 무서운 분을 만나기를 원치 않았어요. 어린 마음에 아무리 생각해도 잘한 일이 없었거든요. 그리고 내가 죽어야 만나는 거였잖아요.

그런데 더욱 이해할 수 없는 일이 일어났어요. 제가 국민학교(초등학교) 2학년 때 할아버지가 그리고 이듬해 아버지가 갑자기 돌아가셨습니다. 저의 세계는 무너졌고 세상이 달라 보였습니다. 그리고 갑자기 세상으로 나오게 된 나를 지금도 또렷하게 기억할 수 있습니다. 그것은 또 다른 나를 바라보는 느낌입니다.

아버지가 돌아가시자 우리는 신당동에서 삼청동의 아담한 집으로 이사를 하게 되었는데, 미처 전학 수속을 못해 얼마동안 삼청동에서 장충국민학교까지 먼 거리를 다녀야 했습니다. 처음으로 버스를 타고 학교를 갔는데, 그래도 두 살 위인 형이 곁에 있어 든든했습니다. 어머니는 마음이 안 놓여 제게 말씀하셨죠. "얼띤 녀석이 걱정이다. 집 잃어버리지 말고 버스를 못 타겠거든 택시를 타고 오너라." 택시비를 손에 쥐어주는 어머니와 어린 여동생을 바라보며 정말 학교에 가기가 싫었습니다.(지금까지도 저는 왜 학교에 꼬박꼬박 가야 하는지 모르겠습니다.) 만원버스 속에서 책가방을 메고 한 손에는 신주머니를 들고 이리저리 밀리다가 앞쪽 엔진 통 위에 걸터앉았더니 엉덩이가 따뜻한 게 기분이 괜찮았습니다. 얼마 후에 형이 일어나며 내릴 준비하라는 소리에 다시 떠밀리다시피 내려야 했습니다. 그나저나 오면서 길을 꼼꼼히 눈여겨둬야 했는데 그럴 경황이 아니어서 내리며 버스정류장 위치를 기억해 두었습니다. 학교에서도 집에 갈 걱정에 버스정류장만 머릿속에서 아른거렸습니다. 학교가 끝나자마자 가까스로 아침에 내렸던 그 정류장을 찾아 버스에 올랐습니다. 버스 안은 역시 붐볐지만 참고 견디면 어머니와 동생이 있는 집에 갈 것입니다. 한참 가다보니 하나둘씩 자리가 비기 시작했습니다. 앉아서 창밖을 내다보며 내릴 위치를 찾는데 도무지 눈에 익은 것들이 하나도 보이지 않고 버스는 갈수록 집도 인적도 없는 비포장도로로 가고 있었습니다. 나는 두렵고 슬퍼지기 시작했습니다. 문득 돌아가신 할아버지와 아버지 그리고 예수님 생각이 나더군요. 나는 직감적으로 이분들이 나를 돕지 못할 것이라는 생각이 들었습니다. 이윽고 버스는 인적이 끊어진 황량한 종점에 멈추더니 차장이 혼자 남아있는 저를 보고 내리라는 겁니다. 나는 감히 물어볼 엄두조차 내지 못하고 내려야 했지요.

저는 지금도 고독이라는 낱말을 생각할 때 항상 이 장면이 떠오릅니다. 허허벌판에 혼자 남겨진 나는 가끔씩 먼지를 뽀얗게 날리며 지나가는 차들을 향해서 손을 흔들 엄두조차 내지 못하고 있었습니다. 저의 모습은 마치 외계인이 지구라는 낯선 곳에 홀로 내려온 그런 느낌이었어요. 하는 수없이 혼자서 정처 없이 걷는데, 멀리서 길가에 쪼그리고 앉아 무언가를 먹고 있는 아주머니 한 분이 눈에 띄었습니다. 등에는 아이를 업고 머리에는 흰 세수수건을 두른 채 길가에서 식사를 하고 계시던 행상을 하는 아주머니였어요. 아주머니를 보자 저는 갑자기 눈물이 쏟아졌습니다. 사정을 이야기했지요.

"작년에는 할아버지가 돌아가셨구요, 얼마 전에는 아버지가… 이사 가서 아직 집에는 전화도 없어요. 그리고 저 돈도 있어요. 택시 타고 오라고 어머니가 주셨어요." 가만히 이야기를 듣던 아주머니는 "아유 그랬구나. 울지 말거라." 하시더니 식사도 중단하고 아이를 업은 채 찻길로 뛰어 들어가 행주치마를 흔들며 한참동안 택시를 잡고 계셨습니다. 그래도 차가 안 잡히자 다시 내게 오셔서 "걱정 말고 조금만 기다려." 하고 위로해 주셨습니다. 결국 한참이 지나서야 차를 잡았고 저는 집에 무사히 돌아왔지요. 집에서 걱정하던 어머니는 내가 그럴 줄 알았다며 웃으셨지만 저는 그 아주머니를 잊을 수가 없었고 그 후부터 성모마리아를 생각할 때면 낡은 앞치마에 흰 수건을 머리에 두른 아주머니를 떠올리곤 합니다.

이런 평범한 저의 이야기에 정감이 가셨다면 그것은 바

로 우리의 이야기이기 때문입니다. 우리는 영문도 모르고 세상에 나왔지요. 그리고 세상의 법칙에 적응하느라 곧 자기 자신을 잃어버립니다. 행복에 대해서 생각할 겨를조차 없어요. 오직 성공만이 판치는 세상입니다. 그런데 그 성공의 주인공들도 그리 즐거워 보이지 않네요. 그래서 어떤 사람들은 본래의 자신을 찾으려고 세상을 등진 채 평생을 보내기도 합니다. 전생(前生)에 대해서도 이야기하고, 내세(來世)에 대한 희망도 이야기합니다. 그러나 기억나지도 않는 전생이 무슨 소용이며 현실이 고통스러운 사람에게 죽은 후에 무슨 행복이 있겠습니까? 우리는 깨달은 사람을 엿보려고 하지만 누구나 죽음 앞에서는 진솔해지는 것이니 그가 남긴 말 역시 평범한 진리이며 결국 인간적인 최후를 맞이할 뿐입니다. 그러니 그리운 어린 시절의 순수했던 나를 찾는 일이 행복한 삶으로 가는 지름길인 것 같습니다.

어린 시절의 나는 행복했고 어려운 상황이었지만 불편해 하지 않았습니다. 어려운 사람을 도울 줄도 알았고 감사하는 마음도 갖고 있었지요. 다만 고뇌하며 슬퍼하고 화내는 사람들이 이해가 안 갔을 뿐입니다. 이렇게 어린 시절의 나를 추억하는 일은 나에게 새로운 생명을 주는 것입니다. 그럴 때면 나는 환자들에게도 다정다감해지고 자상해지며 아이들과도 곧잘 웃고 떠들어 도무지 의사 같아 보이지 않지요. 그것은 내 마음이 어린 시절로 돌아가 있기 때문입니다.

아이들에게서 많이 배우기도 합니다. 저의 큰아들이 어릴 적에 우리는 좁은 아파트에서 살다가, 아내의 말에 따르면 좁은 공간 속에서 네 식구가 윷놀이를 하며 살다가, 얼마 후 은행융자를 얻어 조금 넓은 아파트로 옮기게 되었습니다. 이사를 하는 며칠 동안 아이들을 처갓집에 맡겨두었는데, 그때 이 녀석이 집이 없어진 것 같아 좀 불안했던 모양입니다. 이삿짐을 옮기고 이사 오던 날이었습니다. 며칠 못 보았던 아이들이 보고 싶어 부랴부랴 새집으로 퇴근했더니 큰아이가 나를 보며 하는 말이 "아빠, 여기 우리 집 맞아요? 정말 여기서 살아도 돼요?" 하며 거실에서 좋아라고 뛰어다니고 있었습니다. 저는 그때의 천진난만하던 영훈이의 모습을 잊을 수가 없습니다. 그리고 이십 년이 지난 지금, 이제는 다 큰 영훈이가 가끔 볼멘소리로 대들기도 하지만 그때 일을 생각하면 그저 빙그레 웃고 맙니다. 내 뇌리에는 순수하고 행복했던 어린 영훈이로 각인되어 있으니까요.

누군가 '삶은 살아가는 것이 아니라 살아지는 것이다.'라고 하더군요.

"많이 힘드시죠. 많이 보고 싶으시죠. 많이 외로우세요?"

사랑과 그리움은 마치 거울과도 같다고 합니다. 어떤 분이 우리를 그리워하며 황량한 벌판에 외롭게 계실지도 모릅니다. 다가가서 말씀드리세요. "여기 너무 좋아요. 제가 여기서 살아도 돼요? 고맙습니다."

조광현 에세이

그 리 움